随想　奥の細道

今こそ活きる芭蕉のヴィジョン

谷口江里也

M・アルメンゴール写真

未知谷
Publisher Michitani

はじめに

　芭蕉は言うまでもなく、俳句という、日本人なら誰もが知る詩の方法と、その存在理由《ヴィジョン》を確立した優れた詩人です。しかも、日本人の詩人としては極めて稀有なことですけれども、世界中にその名を知られ尊敬されてもいます。

　スペインで長く暮らした経験を持つ私は、芭蕉が、そして彼の『奥の細道』が、メキシコ出身のノーベル文学賞受賞詩人、オクタビオ・パスの訳によってスペインや南米諸国をはじめ西欧諸国でも広く知られていて、私の多くの友人たち、とりわけ思想家や哲学者や建築家やアーティストたちが、その素晴らしさを誉め称えることに、新鮮な驚きを覚えました。

　日本では、詩人というのは一般に、心や季節のうつろいや、自分が感じた一瞬の美しさや確かさや儚さなどを、言葉で美しく表現する人と考えられています。

　しかし西欧では、そのようなことも詩人の役割の一つですけれども、それよりも、詩人の最も大切な仕事は、時代が停滞《ていたい》していたり、混迷の中にある時、あるいは、活力に満ちてどこか新たな場所へと向かおうとしている時、さらには社会が愚かで危険な方向に進もうとしている時に、人々の心の内に潜在する願いや進むべき方向の先に、松明《たいまつ》のような希望、あるいは旗印ともなるような言葉を、心にダイレクトに響くかたちでもたらすことだと考えられています。

そのことは、西欧の文化に極めて大きな影響を及ぼした旧約聖書などに、多くの詩が載っていることや、そこに登場する多くの預言者たちの書が、詩の形式で表されていることなどとも深く関係してもいるでしょう。預言者たちは、そのときどきの指導者たちや民衆に対して、進むべき道や確かさを説いたり、現状を憂《うれ》えたり、あるいは一筋の光を言葉で語って示すような存在だったからです。

だからこそ西欧では、時代の転換期や、大きなムーヴメントの始まりにはいつも、時代の想いを表し、人々の心の糧《かて》ともなる詩を生みだしてくれる、優れた社会的な詩人たちが現れてきました。

つまり芭蕉が西欧で愛されているのは、常に詩と共に生きた彼の生き方への敬意と共に、芭蕉が表そうとしたことが、そしてその表現のアプローチやスタンスや内容に、これからの時代にとって、大きなメッセージ性が秘められていると感じ取られているからだと思われます。

世界は今、大量生産、大量消費に邁進《まいしん》してきた近代社会の限界や、それをリードしてきた拝金金融資本主義がもたらす負の側面に苦しみながらも、そうではない社会や生き方を模索《もさく》し始めているからです。

そうしたことに加えてもう一つ、芭蕉が愛され尊敬されている大きな理由として、芭蕉が、日本の短歌の伝統を踏まえつつも、俳句という詩の新たな形式と方法を確立したパイオニアであることが挙げられます。パイオニアというのは、それまではなかったフィールドを切り開き、その後、そのフィールドから、多くの人々の、さまざまな糧《かて》や営みや喜びが育まれて行くことを可能にした人として、尊敬を集めるに値する存在です。

それでは芭蕉は何を為したパイオニアなのか、ということですけれども、敢えて誤解を恐れずに乱暴な言い方をするならば、西欧では、預言者をはじめ、特別な存在と考えられている詩人に、誰もがなることができる方法を確立した人だということです。

俳句は、とても短い形式を持ち、体に馴染んだ言語の音と一体となった心地よさに立脚し、何を詠《よ》むべきかということに関して、ある程度の約束があり、それらを頭に入れさえすれば、誰でも、それなりの俳句という名の詩をつくり出すことができます。

詩をつくり、美と触れ合う喜びを、誰もが身近に感じることができるということにおいて、芭蕉が確立した俳句は、今日でも、というより、これからの時代においてなおさら、不思議なまでに斬新《ざんしん》で優れた方法です。それはまるで、約束を身につけさえすれば誰もが親しむことができるコンピューターのソフトのようです。

もちろん、ゲームソフトなどとは違って、俳句には無限の奥行きと、表現の可能性があります。それはまさしく詩であって、芭蕉が表現してみせてくれたように、優れた表現は、それを表現した人と、それを味わう人にとって、深い感動をもたらし得ると同時に、心のなかで、時と共にさまざまに変化しながら、具体的な意味を超えて生き続ける、多様性に富んだ生命力さえ持ち得ます。

詩は、言葉で表されてはいても、同じように言葉で構築される思想や哲学とは違った役割と力を持っています。思想や哲学は、それを書いた人の論理や文脈を辿《たど》って行けば、誰もがその人と同じような価値観の把握に至るように書かれます。

しかし詩は、理屈や意味を抱えつつも、それを超えて、個々人の心や美意識に直接届けられる言葉であり、あるいは、いつの日か、思想や哲学や知や安らぎや確信へと育ち得る種のようなものであって、感動と共にそれを受け取った人の、それぞれの心のなかでやがて芽を出し、その人の経験や命とともに育って、それぞれの花を咲かせることになり得る何かです。

そのように考える時、今から三百年以上も前に、芭蕉が、自らの仕事と思い定めて親しんだ俳諧《はいかい》をとおして、世界に類を見ない短い詩の方法や形を確立し、誰もが詩の本質と触れ合えるような、とりわけ、詩が人の心にもたらし得る、美や永遠を発見する喜びと、誰もが触れ合える方法と文化的土壌《カルチャーグラウンド》とを創りあげたことに、驚嘆と深い感銘を覚えます。

俳句は日本人にとって、あまりにも日常的なものとなっていますけれども、しかしこの俳句という詩の形式が為したことは、お金や物を持つことの豊かさから、心の豊かさを求めるべきこれからの時代を、地球的にリードし得る豊かさを秘めています。

重要なことは、芭蕉が、俳諧とは何か、どのようなものであり得るのかを追求するなかで、そして、古《いにしえ》の歌や人や自然と触れ合い、自らとの対話をし続けた旅でもあった『奥の細道』をとおして、世俗のつかのまの名誉や富ではなく、人が人であるための証《あかし》とも言うべき、美を求め、美を感じ、美を分かち合おうとする想いや心の働きに焦点を当て、自然のうつろいや、人の心のありようも含めた、広い意味での美と共に生きる喜びこそが、自らの主題《テーマ》であり、それを求めることこそが自分の仕事だという確信《ヴィジョン》を持つに至ったということです。

そのような芭蕉のヴィジョンは、人が人である限り、時を超え、場所や文化の違いをこえて求め続けてよいと思われることは何かという、人と人の社会の普遍と深く重なり合ってもいて、そこにこそ、芭蕉が今、地球的な詩人として世界中から愛されている理由があります。

近代社会は、自然が人間の欲望や利益のためにあるかのような錯誤《さくご》のなかで、まるで放蕩息子のように、母なる地球に負荷を与え続け、すでに行き詰まってしまっています。

私たちは、そのような近代を超え、そこから再び、美しい自然の生命の循環と人間らしさを共に育む、調和のとれた美しい楽曲《シンフォニー》のような価値観《ヴィジョン》と、そのための新たな方法を見いださなければならない地点に立っています。

そう考える時、芭蕉が『奥の細道』の旅のなかで抱いたさまざまな想いや、そこで抱くに至った、本質的で変わらぬことのなかにこそある新しさ、常にうつろう新しさの中にもある普遍、すなわち不易流行《ふえきりゅうこう》という理念は、地球という、かけがえのない星の恵みの中から生まれ、地球が長い時を重ねてつくりだした豊かな自然や、その奇跡的な循環の仕組のなかで命を育み、そのなかで自然と触れ合い、人と触れ合い、過去や未来に思いを馳せながら豊かな文化を育んできた私たちが今、あらためて心に抱くべき価値観と、これからの、人や社会のありようを想い描く際に、大きな示唆《しさ》を与えてくれます。

本書は、現代という時代を生きる一人の地球人としての私、谷口江里也が、芭蕉という、三百年以上も前に、自然と文化と人と触れ合う発見の旅を試みた詩人が言葉で表し遺《のこ》した『奥の細道』という書物に寄り添いながら、旅の中での芭蕉の想いや、そこで芭蕉が得た、現代にこそ必要とされる美意識《ライフスタイル》や理念《ヴィジョン》を見つめ、それと触れ合おうとするものです。

本文の構成は、芭蕉の『奥の細道』を、彼が訪れた場所ごとに区切って私なりに現代語にしたものと、そこから私が思い感じたことなどを、先入観や、俳諧や芭蕉に関する細かな知識や事情や解釈などにとらわれることなく、本文に書き表されていることだけを見つめて書き記したものを併記する形式、つまり、何かの縁で知り合った芭蕉と一緒に、私自身が旅をするようにして読み進む方法をとっています。この不思議な旅を、共に楽しんでいただければ幸いです。

なお、本書の中の写真は、スペインのバルセロナ郊外に住む、芭蕉の『奥の細道』をこよなく愛する、詩的で著名な写真家、マネル・アルメンゴール（Manel Armengol）が、芭蕉の世界をイメージしながら、しかし芭蕉の旅と、特に関連させようとはせずに、身の回りの景色の中から、俳句的と、彼が感じる情景を切り取ったものです。

そんな写真のなかから私が、『奥の細道』の世界と、どこか共鳴しあうところがあると感じた写真を、ところどころに配しました。

私と同世代の感性豊かなヨーロッパの写真家が、芭蕉の俳句の世界をイメージしてとらえた一瞬の心象風景を、私の言葉と共に楽しんでいただければ幸いです。

随想　奥の細道

*今こそ活きる芭蕉のヴィジョン

随想　奥の細道　目次

写真　マネル・アルメンゴール

1　漂泊への想い

まるで永遠に旅をする旅人のように月日は流れ、いつのまにか、行き過ぎる旅人のように過ぎていく。同じように、生涯を、舟に揺られ、馬に乗りながら歳をとっていく者にとっては、毎日が旅。旅路こそが自分の住まいであって、古くから、そういう生き方をして、旅のなかで死をむかえた人は少なくはない。私もまた、いつのころからか、ちぎれ雲を彼方へと運ぶ風にさそわれ、漂泊への想いに駆られ、去年の秋、年の暮れも近づくころ、海辺を歩きながら、思いきって、あばらやに長い間かかったままの蜘蛛《くも》の巣をはらって旅立ち、霞《かすみ》の立つ春には、白河の関を越えようという想いが溢れて、とうとうそのことに、すっかり取りつかれてしまった。そうなるともう、それだけに心を奪われてしまって、道祖神《どうそじん》が自分を手招きしているようにも感じ、旅のこと以外は何も手につかず、股引《またひき》の破れをつくろったり、笠の紐《ひも》を付け替えたりするばかり。まともなら、先ずは自分の脚を万全の状態にすべく、弱いところにお灸などをして体を調えたりするところだろうが、松島の月のことなどが、ほかのなによりも気にかかるありさまで、いてもたってもいられずに、住んでいた家を人に譲って引き払い、弟子の杉風《さんぷう》が持っていた菴《いおり》に引っ越し、こんな句を書き記して、柱にかけたのだった。

草の戸も住み替わる代《よ》ぞ雛《ひな》の家

どうして詩人は旅に憧《あこが》れるのだろう。俳句であれ短歌であれ、それ以外の詩であれ、言葉によって情景に命を付与する詩とは、それをつくる行為とは、そもそもなんなのだろう。そして詩人とは、なにを生業《なりわい》とする人のことをいうのだろう……

情感あふれた書き出しと、それに添《そ》えられた句を読むと、そんな素朴で本質的な問いに、突然、向かい合うような気分になる。

大工がまいにち木を削《けず》るように、豆腐屋が豆腐をつくるように、八百屋が野菜を売るように、あるいは画家という職業が、絵筆をとることで成り立ち、音楽家が音楽を奏でてはじめて生きていけるとして、詩人はそれでは、まいにち何をして生きれば良いのだろう。この書き出しを読むとなんとなく、芭蕉がそんな本質的な問いと、深いところで向かい合いながら、日々を送っていたように思えてならない。

また、若干《じゃっかん》の焦《あせ》りのようなものも見え隠れするこの書き出しの文章には、詩人としての芭蕉は、もしかしたら、永遠と日常という、ふたつの大きな人間的なテーマのあいだを行き来しながら、住み馴れた草庵《そうあん》で、弟子に囲まれた日々を生きる自分と、そうではない自分との折り合いのつけかたを、どこか計《はか》りかねていたのではないか。あるいはむしろ、そうではない自分を本当の自分と見定《みさだ》めて、何とかそこへ向かって一刻も早く歩き出したいと、そう思っていたのではないかと感じさせるものがある。

できることなら旅路で死を迎えたいという、ロマンティックともストイックともとれる心の持ちようと、長い間掃除もせず、軒先に蜘蛛の巣がかかったままの、しかし、それなりに愛着がなくもなさそうな芭蕉の住処《すみか》への描写。そして、股引《またひき》の破れをつくろったり、笠の紐を付け替えたり、というあたりの、ちょっと自分を揶揄《やゆ》する、ユーモラスな描写のなかの人間っぽさへの、けっして冷たくはない眼差《まなざ》しとのあいだには、一般の生活者の日常に納まる範囲を超えた、何かとても大きな詩人特有のギャップ、あるいは芭蕉という人物が抱える個有の強い想いのようなものが浮き彫りにされているように見える。

人は誰でも、親しい人々と、平穏に日々を送ることほど幸せなことはないと思う。ただそれでも人は、ときどきそこに変化を求め、あるいはそうではない自分を夢想したりもする奇妙な存在だ。

そこに人という存在の不思議さがあり、それは人が詩をつくったり絵を描いたり歌を歌ったりすることと、どこか深いところでつながっている。

なにも詩ばかりではない。たとえば着物の柄《がら》の美しさにウットリしたり、お店でみつけた綺麗なかんざしを、好きな娘《こ》に買ってあげたいなと、その娘が喜ぶ顔を思い浮かべたりすることが、人の命を輝かせる。

人とはそういう不思議な生きものであって、だとしたら、人の世というのは、できれば、そのような想いと常に自然に触れ合い、それを育くむ社会であることが望ましい。そしてそのなかで、身近な人たちが、そのような想いを、当たり前のように抱《いだ》き、あるいはそれをわかりあえるようであれば、なお嬉《うれ》しいと思う。

少なくとも、そのような想いに乏《とぼ》しい社会は、そのような想いを抱き難《にく》い社会は、住み辛《づら》い社会だろうとも思う。

芭蕉はおそらく、住み慣《なら》わした草庵で、季節と共に、俳諧《はいかい》を愛する人々に囲まれながら、いつのまにか過ぎて行く日常のなかの自分も、どこか遠くの見知らぬ場所に新鮮な気持ちで身を置く自分も、あるいは、ここではない、どこか遥かな時空を彷徨《さまよ》う自分も、おそらく同じように好きなのだろう。すくなくとも、生きていく上において、どちらも決して嫌いではないのだろう。だから俳諧の連歌《れんが》の宗匠《そうしょう》として生きてきたともいえる。

ただ、遠い場所や遥かな時空は、いまここにないだけに、そのぶん強く芭蕉を誘う。そこにはきっと、ここにはない何かがある。かつて旅をしたときに感じた予測を超えたリアリティや感動、遠い昔に時の彼方に消えた憧れの人の表情に想いをはせたり、たとえばその人が住んでいたとされている家を訪れた時に感じた、懐かしさにも似た感慨が蘇《よみが》えってきたりなどすれば、なおさらそれが芭蕉を誘う。

しかも芭蕉は、そのような感動や感慨の大切さを強く自覚し、それに自らの言葉によって、今日俳句と呼ばれている、時を超え、場所を超えて、見知らぬ人にまで伝わり得る形を与えることで、永遠化して遺《のこ》すという仕事ができる人間なのだ。

芭蕉の想いのあまりの強さに、つい、抽象的な思考の回路の中に入り込んでしまったけれど、ともあれ、旅に出るにあたって、おそらくは身軽になるために、わざわざいちど弟子の庵《いおり》に引っ越すまでの、どこか気もそぞろな自分の様子を描いた部分と、思い切って家を引き払ってかり住まいに移り、そこで、先ずは何をおいてもと、真っ先に詠《よ》んで柱にかけた句の、前向きの、晴れやかで華やかなリズムやトーンとの対比は見事だ。

春を待って、これから旅立つ芭蕉と、これから『奥の細道』を読み進む者である私たちの想いとが重なって、どこか健《すこ》やかな期待感を誘うイントロダクションだ。

一般にイントロには、これから展開されることのエッセンスや予感が自ずとしのびこむことが多い。そして芭蕉は、書物というものが、言葉によって構築される一つの時空間であり、イントロには、そこへと続く門にも似た、役割と働きがあるということを、熟知している。

2　旅立ち

三月も末の二十七日、明るみ始めた夜明けの、空に月がまだ光を残す頃。朝の光とともに、富士の峯《みね》がかすかに見え、上野の谷中の桜木の梢《こずえ》も、今度この木の花を見るのはいつのことかと想えば心細くもなるなかを、夕べから集まって来てくれていた親しい人たちが、一緒に舟に乗って送ってくれた。千住というところで舟から上がったが、このさき三千里の旅と想えば、胸がいっぱいになり、別れの泪《なみだ》で、ぼんやりと、あたりの景色もぼやけて見えた。

行く春や鳥啼《な》き魚《うお》の目は泪《なみだ》

この句が、詠んだ句を書き記すために携《たずさ》えてきた矢立《やたて》を使う最初となった。そこから歩み始めてはみたものの、足はすすまず、一緒に来てくれた人たちは、並んで道端に立ったまま、せめて後ろ姿が見えるうちはと、私を見送ってくれたのだった。

春の訪れも待ち遠しいほどに旅に焦《こが》れ、霞の立つころには、白河の関を越えたいと想っていたはずの芭蕉だが、どうやら実際の旅立ちは、旧暦の三月も末、現在の暦でいえば、五月も半ばで、その頃の季節のありようはわからないけれども、春もすっかり過ぎ去ろうとするころになって、芭蕉はようやく草鞋《わらじ》を履《は》いて旅に出た。

旅立ちが予定より遅れた理由は、具体的にはわからない。ただこの時代の旅であれば、それなりの準備や覚悟が必要だっただろうし、すでに五十歳に近かった芭蕉にとっては、旅路で果てれば本望とは言いつつ、健康状態なども気にかからないはずはなかっただろう。

それに長旅に出るとなれば、路銀《ろぎん》の工面なども必要だっただろうし、そのための苦心のようなものがなかったわけではないだろう。それでなくとも、芭蕉のことを慕《した》い、あるいは尊敬する弟子たちも、まわりには少なからずいて、彼らとの何気ない歓談や、芭蕉の世過《よす》ぎの、日常の務めともいえる俳諧の連歌の会などにも、それなりに興《きょう》を覚えないはずはなく、そうした日常から離れることについての寂しさもなくはなかっただろう。

なのにどうして、芭蕉は敢えて旅立ち、孤独な旅路に身を置こうとするのだろう。旅は、旅立つものの心を自ずと、それまでとは違った、新たなものに向かって開かせる働きがあるけれども、同時に、住み馴れた場所や友を残して、見知らぬ場所へと向かうものである旅立ちは、必ず別れという、一つの儀式のようなものを伴《ともな》う。それが切ないものであればあるほど、これから得ようとするものを、できる限り豊かなものにしなければとも思う。

旅立ちにあたって、親しい人たちが送別のために集まってくれ、魚も棲《す》んでいたであろう江戸の水路を、東北路への出発点である千住《せんじゅ》まで一緒に舟に乗って付いてきてくれたというあたりの別離の描写は、温かみが漂いつつも、いかにも切なく、並んで見送ってくれる姿なども目に浮かぶ。

別れに際して詠んだ句の、やや大仰《おおぎょう》なほどの表現は、それでも旅立つ芭蕉の、決意の表れでもあるだろう。

それもあってか、旅立つ人と過ぎ去る春を、行くという言葉に重ね合わせ、ちょっとした言葉遊びをしてみたり、鳥や魚を擬人《ぎじん》化して泪を流させ、たとえ水の中の魚が別離の哀しみに泪を流したところで見えるはずもないその泪を、あえて表現したりするなど、ちょっと大げさな、あるいはいかにも俳諧師的な作為《さくい》を働かせたりしているのも、別れの哀しみを振り切るために知人たちに向かって芭蕉が切った、一つの見得《みえ》のようなものだったかもしれない。

ともあれ、旅という不可視の物語は、旅立たなければ始まらない。命を賭《と》して始めた、奥への旅というプロジェクトに対して、芭蕉が具体的な目的のようなものを予めこと細かに持っていたかどうかは、文面からでは解らない。ただ、なんらかの主題《テーマ》や構想や算段を、持っていなかったはずもない。

3　道行き

ふと思いたって、あさはかにも、こんな奥州への長旅を始めてしまった。髪が白くなってしまうような旅の苦労も、かさねがさね味わうに違いないとは思いつつ、話には聞いたことがあっても、まだ自分の眼で見たことのない場所をこの目で見たくて、ただ生きて帰ることさえできればと、叶《かな》えられるあてもない願いなどを抱きつつ、ようやく草加という宿場にまでたどり着いたが、苦しいのは、なによりもまず、痩《や》せた肩にかかる荷の重さ。身ひとつで出発すればよかったのかもしれないが、たとえば、どんなに軽いとはいっても夜の寒さをしのぐにはいいだろうと思って持ってきた紙の着物一枚。ほかにも、ゆかたや雨具や墨や筆などもあり、もちろん餞別《せんべつ》としていただいたお金などは捨てるわけにもいかなくて、そういうなにもかもが、旅路においては、ただ煩《わず》らわしいばかりに思えるけれども、それもまあ、しようがないことではあるのだろう。

いざ歩き出してみれば、わかっていたこととはいえ、まずは直面するのが、荷物を背負って一歩一歩、自分の足で歩くという、行脚《あんぎゃ》の旅のリアルな現実。それよりによってこんな長旅をと、さすがの芭蕉も、つい思ったりしたかもしれないが、それより『奥の細道』という書物にとって大切なのは、芭蕉が、旅に焦がれる冒頭と、いかにも情にあふれたロマンティックな旅立ちのシーンのあとにすぐ、こういう短い一文をさりげなく持ってきていることで、これからの旅が、決して楽なものではないということが自然に分かるようになっていることだ。このあたりの芭蕉の筆の進めかたは、実に巧みだ。

どうしてそんな苦労をしてまで旅をしたいのかという、芭蕉の旅へのモチベーションの一端にも、さらりと触れていて、人々の話題や文献などに登場する名所や、もちろん先人の歌に謡《うた》われた場所などを、まずは自分の眼で見てみたいということが動機だと芭蕉は言っている。

しかし、旅に必要な最低限のもの、ましてや墨や筆などという俳人である芭蕉にとっての必需品や、餞別のお金までもが老骨にこたえて煩《わずら》わしいばかりだと、ユーモアを交《まじ》えて書いているところをみれば、どうやら芭蕉のこの旅に対する想い、あるいは覚悟は、そうとうなものだと感じる。

芭蕉のような表現者がわざわざ長旅に出るには、この旅を通してしか表現できない何かを芭蕉が胸に秘めていると思うのが当然であり。逆にいえば、それを読み取ってくれよと、芭蕉が予《あらかじ》め言っているようにも思え、それは何なのだろうかという興味も湧《わ》く。

交通機関の発達した現代ならいざ知らず、人が移動することに厳しい制限があったこの時代に、芭蕉のような旅ができる人は少ない。その旅を俳句と共に書き残すということは、もしかしたら途中で果てるかもしれない旅が無事に終わったとして、芭蕉の想いを込めたこの『奥の細道』という書物を、弟子であれ、遠い将来に生きる見知らぬ人であれ、誰かが何らかの形で、今この本を読む私たちと同じように、追体験することを前提としている。

イントロからここに至るまでの展開には実に無駄が無く、芭蕉の表情や息づかいのようなものまでもが自然に、ストレートに伝わってくる。芭蕉は明らかに、彼が大切と思う何かを、この旅を通して、誰かに語りかけようとしている。どうやら『奥の細道』は、単なる旅日記のようなものではなさそうだ。

4　室の八嶋

室《むろ》の八嶋《やしま》というお宮に詣《もう》でた。同行の曽良《そら》が言うには、神社は、富士宮《ふじのみや》の神社の系列だとのこと。この神社に奉《たてまつ》られているのは、木《こ》の花さくや姫という神で、嫁《とつ》いですぐに身籠《みご》もったことを疑われた姫が、自ら出口を塞《ふさ》いだ室《むろ》の中に入って清めの火を焚《た》き、潔白の証しとして、たとえこの身は焼けても子どもだけはとの祈願の最中に、火火出見《ほほでみ》の尊《みこと》がお生まれになったので、室の八嶋といい、ここでは煙にまつわる歌を詠《よ》むという習《なら》わしも、そこからきているようです、とのこと。またこのあたりでは、子どもの代わりということにかけて、このしろという魚を食べることを禁じているけれども、それもまた、ものごとの始まりとしての、この神社の縁起《えんぎ》にまつわる言い伝えだとのことだった。

芭蕉が一人で旅をしているのではなく、どうやら曽良という弟子を連れて旅をしているのだいということが、読む人にはここではじめて分かる。面白いのは、芭蕉がこのことを、旅がきついという話のあとで書いていることで、もし曽良のことを先に紹介してしまうと、なんとなく弟子が荷物も持ってくれそうな感じもして、せっかくの苦労話のリアリティが損《そこな》われてしまわなくもない。

順に読み進んでいく物語や書物というものの、ちょっとした技法上の、良い意味での作意《さくい》が、そこには働いている。それと同時に、芭蕉が、紀行文としての事実の記述より、創作としての『奥の細道』の本意と、物語としての面白みを優先させようとしていることが分かる。

また歩き進んで次第に旅にも若干馴染んできたという感じを出すためか、閑話休題《かんわきゅうだい》という感じで、曽良の口を借りて、その地にまつわる話をさせている。

俳諧師である芭蕉が書き記すものとしての『奥の細道』の創作上の本意と必ずしもダイレクトには呼応しないかもしれないこと、あるいは、紀行文には不可欠《ふかけつ》な、その地にまつわる基本的な情報のようなことがらを紹介するにあたって、曽良を登場させ彼に語らせているのは面白く、これからそのような手法を取るのだろうなということも感じられる。

また芭蕉は、途中で立ち寄った場所の、その地にまつわるエピソードを通じ、習慣や言葉の縁起を記すことで、単に名所旧跡を訪《おとな》うだけではなく、どこの場所にもあるその土地ならではの伝説や、そこから派生した習わしや言葉や、そこに映し出される風土や人々の心のありようと触れ合うこともまた、旅の重要な目的のひとつであることを、何気なく表明しているように見える。

なにしろ、ここに登場する木の花さくや姫は、古事記に登場する姫で、天照大神《あまてらすおおみかみ》から遣《つか》わされて天上からやってきた、ににぎの尊《みこと》の求愛を受けて、その妻となったお姫さまにほかならない。

どうやらこの神社は、曽良の言葉によれば、富士山に象徴される古くからの信仰で、山の神ともいうべき浅間神を奉った、全国にたくさん存在する浅間神社の系列にある神社で、浅間神とは、木の花さくや姫のことともされているので、さらりと、何気ない調子で書かれてはいるけれども、芭蕉は旅の最初に、まずは極めて重要な神さまを奉《まつ》った神社を訪れたということになる。

つまり、天上からやってきた神と、その地にもともと暮らしていた姫との結婚は、敢《あ》えて言えば、弥生文化と縄文文化との融合の象徴にほかならない。

日本の山々は、豊かな縄文文化を育てたように、豊富な木々の実りや魚や獣などの幸《さち》をもたらしてくれるけれども、しかし、富士山をはじめとして火山が多く、それがいったん火を吹けば、もはや人間の力ではどうにもならない。

つまり日本列島は、山の神が怒りさえしなければ豊かな場所、基本的には豊かだけれども、しかし幸と災いとが背中合わせになった場所であって、そこに生きる人々は、心の奥深くのどこかに、常に、自然への畏《おそ》れをすまわせて生き続けざるを得ない。

そんな場所で長い長い年月を、あるがままの自然と共に生きてきたのが縄文人であるとすれば、弥生人、あるいは米や先進技術と定住の文明を持つ大和朝廷《やまとちょうてい》は、この地に後からやってきた人たちであって、積極的に自然に手を加えて生き、それによって多くの人を養い、その人々を統治し、そこからもたらされる豊かさを管理し享受する人々にほかならない。

彼らは、農耕がもたらす豊かさや、朝廷文化などの、いわば都会的な優雅さや、武器などの力を持っていて、それは、新鮮な驚きを縄文の人々にもたらすと同時に、彼らが自然に対して抱いていたであろう畏《おそ》れとは異る種類の怖《おそ》れも与えたのではないかと思われる。

そんななかで、大和文化が日本列島に浸透《しんとう》していくには、さまざまな摩擦《まさつ》や軋轢《あつれき》や、ときには戦いがあったことが想像される。そして、これから芭蕉が旅をする東北地方こそが、縄文文化を豊かに育てた場所でもあった。

文明と共に海を渡ってきた人々は、木の花さくや姫の美しさに心を奪われた天上人《てんじょうびと》のように、この地の野山や海、四季の美しさに目を見張ったにちがいない。そして和歌は、この二つの文化の融合に、大きな働きをしたとも考えられる。歌は、人の心にダイレクトに響く美とともにあるからだ。

このことは、立ち入ればあまりにも深いテーマなので、ここでは、芭蕉の真似をして、さらりと触れるにとどめるけれども、ただ、芭蕉はすくなくとも、俳諧の連歌のもとである和歌の、その重要な故郷であり、異なる文化と文化の融合の秘密を今にとどめる奥の地を、自分の全身を使って感じたかったからこそ、この旅に出たのだろうと思われる。

だからこそ、旅の最初の訪問地に、ここを選んだのだろう。求婚を受け入れて結婚し、すぐにその人の子を身籠もったのに、そのことで不義を疑われた木の花さくや姫。その身の潔白を神掛《かみか》けて証《あか》すために、自分の体を火に焼く祈願までして火火出見の尊を産んだ木の花さくや姫。そこには自ずと、初心《うぶ》な純粋さと毅然《きぜん》とした強さと激しさが表れていて、それは遠く遥かな、縄文に象徴される、日本列島に古くからいた人々の心と、どこかでつながっているようにも思われる。

ともあれ、芭蕉が最初の訪問地で、このエピソードを何気なく配したことは、それが『奥の細道』の意図や本意《ほんい》と、深く関わり合っているからにほかならない。

どんな場所にも、そこに住み、そこで営々と暮らしを営んできた人たちの、外《ほか》とはほんの少しずつ違う、その土地なりの歴史があり、景色があり、文化があり、心情があり、言葉があり、伝え続けられる習慣がある。

文化的なことにはみな、なんらかの始まりがあって、それらに触れ、そこに人間というものの心根《こころね》や、そのありようの不思議さを感じたり、思いがけない何かを発見したりすることも、旅というものの面白みであって、それもまた、俳句を成り立たせる、一つの大きな土壌《フィールド》ではあるだろう。

こうして見て行くと、流れに応じて自らの感性や表現力を一期一会《いちごいちえ》の緊張感とともに自在に発揮させせなければならない旅は、芭蕉にとって、真剣勝負的な面白さを感じさせる絶好の方法と思われる。

一般に優れたアーティストは、常に自らの能力の限界を試すなかから、新たな地平を見いだそうとするけれども、芭蕉もまた、さりげない言葉の中に、そんな想いをちりばめることに、面白味を感じているように見える。

5　仏五左衛門

三十日、日光山の麓《ふもと》の、とある家に泊めてもらった。家の主《あるじ》は、私のことを人は仏《ほとけ》の五左衛門《ござえもん》と呼びます。何ごとにも、正直を心がけておりますので、そういうふうに言われるのかもしれません。たった一夜の宿ですけれども、安心してお休みになってください、と言う。

こんな汚れきった、世も末かと思われるような世の中に、どんな仏が姿を変えて現れたものか、乞食《こじき》も同然の巡礼者のような私に救いの手を差し伸べてくれるとは……。

一体どういうことだろうと思ったけれども、ようすを見ていると、どうやら、悪知恵などのかけらもなく、また相手によって態度を変えるようでも、口先で自分をよく見せようとするような小器用な人物でもなく、ただただ正直であろうとする意志をかたくなに心に抱いた剛毅木訥《ごうきぼくとつ》の、心根のしっかりした、無口だけれども仁徳《じんとく》のある人物のように見える。そのような清らかさを生まれつきであるかのように身につけた人物こそ、最も尊敬に値すると思ったのだった。

芭蕉はここで、名所旧跡《めいしょきゅうせき》を訪れて、その縁起《えんぎ》などに触れることや、場所によって異る風土や文化を知ることに加えて、旅先で、思いがけずこのような人物に出会う喜びもまた、彼が旅を続ける大きな理由のひとつだということを述べる。

仏の五左衛門という呼び名には、仏でございます、と言っているかのような愛嬌のある響きがあって面白いが、こんな汚れ切った世の中と、あえて記しているところを見れば、芭蕉の時代にも、世間はうんざりするようなことで満ちていたのだろう。

疑えばきりがない世の中での、この人のような人のありよう、存在の有り難さもまた、詩人である自分が見つめるべき何かだと芭蕉は言いたいのだろう。

また芭蕉は、このようなかたちで、『奥の細道』の構成上の意図を、自然に示しているとも思われる。どうやら芭蕉は、この旅における自らの関心を、何気なく、しかし一つひとつきちんと順序だてて述べている。

ちなみに、芭蕉はおそらく実際にこのような人物と出会ったのだろうとは思うけれども、この人物と芭蕉とが、旅先で全く偶然に知りあったのか、それとも、旅の準備をするなかで、芭蕉が会うべき人として、予め予定に組み込まれていた人なのか本文からは分からない。ただ、まだ旅を始めたばかりだということを考えれば、おそらく仏の五左衛門は、芭蕉が訪うべき人物のリストに入っていて、彼もまた、何らかの形で芭蕉のことや、芭蕉がこの地を訪れることを、あらかじめ知っていたと考えられる。

そうした細かな事情や計画に関しては文面からは分からないが、しかし、あえて知る必要もない。大切なのはむしろ、このような人の心との触れ合いもまた、旅のテーマの一つだということを、ここで芭蕉が語っていることだと思われる。

ともあれ、住まいを定めての生活から離れて、さまざまな場所を渡り歩く、非日常が日常である旅にも慣れ、旅に対する芭蕉の基本的なスタンスも少しづつ明らかになってきたとすれば、『奥の細道』も、いよいよ本題に入っていくのだなという気配が漂う。

6　日光

四月の一日、徳川初代将軍を奉《まつ》る御山《みやま》に参拝した。はるか昔、この山は「二荒山《ふたらさん》」と呼ばれていたと書き伝えられているが、開祖とされている空海大師がここを訪れたさいに、この地を日光と改められたとのこと。まるで未来を見とおしておられたかのようだが、今まさに、天から御威光《ごいこう》が降り注ぎ、ここから、あらゆるところに向かって、慈《いつく》しみがふりまかれているかのようだ。武士も農民も工《たくみ》も商人も、全ての民が安らかであることを願う家康将軍の栖《すみか》は、いかにも穏やかだった。ただ、あまりにもおそれおおく、一句記して、それ以上書くことは控《ひか》えることにした。

あらたうと青葉若葉の日の光

黒髪山には霞がかかり、頂にはまだ、白い雪が残っていた。

あっそうだ。忘れてはいけないことがあったとばかりに、芭蕉はこの時代の神様ともいうべき家康を奉《まつ》った東照宮のある日光について書き記す。言うまでもなく日光には家康の廟《びょう》がある。

国境《くにざかい》をいくつも越える長旅の模様を書き記す書物の冒頭に、徳川の時代を築いた初代将軍であり、大衆を救うために、仏がこの世に人のかたちをして現れた権現様《ごんげんさま》と称される家康の廟に詣《もう》でて、まるで奉納《ほうのう》するかのように一句詠むあたりは、芭蕉もなかなか抜け目がない。

しかし考えてみれば、芭蕉が生きた徳川時代の権力構造は、おそらく今日とは比べようもないほど強力であり、価値基準の一切が、厳格な支配構造の中にあったと思われ、言動には、細心の注意と配慮が必要だっただろう。

ましてや芭蕉は、文人としては、江戸ではそこそこ名が通り、それなりの知己《ちき》も弟子もいただろうが、しかし社会的には、生まれも特に良くはなく、すでに長い間、士農工商の身分の区分のどこにも収まりようのない生活をしたり諸国を渡り歩いたりし、今また、ふらふらあてもなく辺境の地を彷徨《さまよ》い歩こうという、権力から見れば、実に怪しげな存在でしかない。

芭蕉の名を誰もが知っていたはずもなく、関所などでも、たとえ出家僧《しゅっけそう》のようないでたちをしてはいても、ともすればいかがわしい人物と思われたりしただろう。

だとすれば、見かけはともかく、その精神においては、極めて健《すこ》やかで信心深く、価値観においてはもちろん家康公を心から尊敬し、反権力的な考えなど微塵《みじん》もないことを、しっかりと表明しておく必要があっただろう。

それは旅を続けるためにも、また、こうして旅をしながら書きつけた文章を、どこかで誰かが読むようなことがあったとしても、さらには、無事に旅から帰れたとして、いずれこの旅を書物として著して世に問うときのためにも、まずは何より重要なことであったと思われる。

余計なことは言うまいと敢えて書いているあたりに、芭蕉の中に潜《ひそ》む剛胆《ごうたん》さが顔をのぞかせているとはいえ、ここでの記述は、権現様を讃《たた》えて、これ以上はないほど簡潔明瞭な、過不足《かふそく》の無い美辞麗句《びじれいく》で、余計な勘ぐりを差し挟《はさ》む余地もない。

詠まれた句も、いかにも新鮮で晴れやかな美しさに満ちた光を、日光に読み込んでそつが無い。この句が、芭蕉が実際に旅に出て詠んだ、まさに最初の句であるあたりも面白く、書き出しからこのあたりまでの芭蕉の筆の進めかたには、綿密《めんみつ》な構成が感じられ、実に周到《しゅうとう》かつ細心《さいしん》で無駄がなく、見事だ。

7　衣更

剃り捨てて黒髪山に衣更《ころもがえ》　曽良

曽良は名字は河合、名は惣五郎《そうごろう》という。私の家の芭蕉の葉と、軒が触れ合うほどのそばにいて、水くみや煮炊きをはじめ、なにかと私の日々の暮らしの世話をしてくれていたが、このたび、松島や象潟《きさかた》を、私と一緒に眺めることができれば何よりうれしいと、また、私の旅の苦労を、すこしでも減らすことができればと、旅に同行してくれることになり、旅立ちの朝に、髪を剃り、身につけるものも、巡礼者のような黒墨《くろすみ》色の着物に替え、名前も、惣五郎から宗悟へと改めたのだった。そういうわけでこの句があるのだが、衣更の二文字の響きが力強い。

山道を二十丁ほど登った所に滝があった。大きな岩窟のある岩山の頂きから、水が百尺もの高さを飛沫をあげ、千の岩が縁取る滝つぼに流れ落ちる。身をかがめて、おそるおそる滝の向こうの岩窟に入って、滝を裏から眺めてみたが、そうして滝を裏から見ることもできるので、このあたりでは、この滝のことを、うらみの滝と、そう呼び習わしているとのことだった。

暫《しば》らくは滝に籠《こも》るや夏《げ》の初《はじめ》

ここでようやく曽良のことがあらためて紹介され、曽良が、普段から芭蕉の身の回りの世話をしてくれている人物であり、彼の句が披露されているように、芭蕉の弟子でもあることが読む人に分かる。

名前もちゃんと紹介されているが、芭蕉の旅に随行《ずいこう》するにあたって、わざわざ髪を剃り、気持ちをひきしめて、出家僧のようないでたちをするあたり、詠まれた句も含めて、曾良という人物の人柄がにじみ出ている。

彼が芭蕉の弟子たちのなかで、どのようなポジションを持った人物だったのかとか、俳人としての才能に関して、芭蕉がどう思っていたのかなどということは、もちろんここでは分からない。ただ、この句の表現の仕方をみる限りでは、少なくとも実直で、才能も含めて、どこか愛すべきものをもったシンプルな人物のように感じられる。

曽良の同行は、すでに若くはない芭蕉が、奥州路を旅するにあたって現実的に必要なことだったろうと思われるが、同時に、このような旅の形式の文学にとっては、一般的に、弟子的な関係にあるパートナーを登場させ、折りに触れてその人物の言動をかりて何かを語ることは、なにかと便利な表現方法と思われる。

たとえばセルバンテスは、かの有名なドン・キホーテの遍歴《へんれき》の物語に、サンチョ・パンサを同行させているが、彼の存在は、ドン・キホーテという物語を豊かにするとともに、作者の意図そのものを明解にし、それを際立たせるという、大きな役割も担っている。

曽良とサンチョ・パンサを比べては曽良に失礼かもしれないが、しかし、室の八嶋のところでもすでに、芭蕉は旅で見聞きした逸話を曽良に語らせていて、こうしたことは『奥の細道』という物語に、膨らみや親しみを持たせるとともに、異る視点、異る心情、ときには異る価値観を、あえて挿入することで、芭蕉という存在やその立ち位置にリアリティを与える演出的な効果もある。

さらにここでは弟子と師匠による二つの句が並べられていて、曽良の句は、髪を剃ることと黒髪山とを掛けたり、衣更という言葉に個人的な決意を率直に表したり、ある意味では、当時の言葉遊びとしての俳諧の一つの型を素直に用いている。

対して芭蕉は、曽良の句とは若干アプローチの異る小粋《こいき》な句を、さらりと披露していて、訪れた滝をテーマに、一瞬の気配の中に、季節感と場所感と動きを詠み込んだ芭蕉の句は、この書物でこれから自分が展開するであろう、表現のありようの一端を、地《じ》の文と一体となった構成上の仕組とともに、さりげなく伝えようとしているように見える。

つまり、この句は、本質的には曽良の句と同じような次元にある方法で詠まれた日光の句とは対照的で、しかも日光の句を除けば、この旅で芭蕉が詠んだ最初の、あるいは、ほかにも詠んだであろう句のなかから、芭蕉が実際にこの書物に相応しいものとして、あえて選んで載せた最初の句であることを考えれば、どうやら芭蕉は、こうして二つの句を並べることで、そこに、何かそれまでとは違う次元の、今日俳句と呼ばれる、俳諧の連歌の発句を独立させた、一つの詩の形式の可能性があることを、何気なく示しているようにも見える。

そしてそう想った途端、漂泊の想い、の節に載せた句の、住み替わる代ぞ、という言葉や、江戸の弟子たちと別れる旅立ちの場面での、魚の目にも泪、の句の大仰《たいぎょう》さが、突然、別の意味あいを持ち始める。芭蕉は、そこから出発して、どこへ行こうとしているのだろうか。

一見さりげない旅の物語に見えるけれども、しかしその向こうに映る、この旅における芭蕉のテンションの高さと思い入れの強さと細心さの度合いは、どうやら尋常《じんじょう》ではない。

8　かさね

那須の黒羽《くろばね》というところに住む人を頼って、とりあえずそこに早くたどり着こうと、遥か遠くに見える村を目指し、広大な平野を突っ切って伸びる一本道を歩いていくと、途中で雨が降り始め、やがて日も暮れてしまったので、たまたま見かけた農夫に頼んで一晩泊めてもらった。明くる朝、茫洋《ぼうよう》とした野中の道を、再びあてもないまま歩き始めたが、次第に不安になった。放し飼いの馬を見かけたので、そばで草刈りをしていた男に近寄って泣き言を言うと、田舎の人ではあっても、さすがに情《なさけ》知らずではなくて、どうしたもんだろうなあ、でも、このあたりの道は分かれ道も多くて、この地が初めての旅人では、道を間違えてしまうだろうしなあ。心配だったら、この馬に乗っていって、馬が止まった所で降りて、馬を帰してくれればいいよと言ってくれた。そこで馬に乗って道を行くと、子供が二人、馬のあとを追って走ってついてきた。一人は小さな女の子で、かさね、という名前だとのこと。あまり聞きなれない、その名前の響きがやさしくて詠んだ、曽良の一句。

かさねとは八重撫子《やえなでしこ》の名なるべし　　曽良

やがて人里に入ったので、お金を鞍《くら》に結びつけて、馬を帰した。

長旅ともなれば、また辺鄙《へんぴ》な奥州路の旅ともなれば、そうそう面白いことや、目を見張る景色が続くわけでもないだろう。何の変哲もない野の道を、とりあえず行方をさだめて、なかば退屈しながら、先を目指してとぼとぼと歩く芭蕉の姿が目に浮かぶ。

しかしそんな道行きの途中でも、このように、出会いというほどでもないけれど、ふと心が和《なご》むような、人々とのささやかな触れ合いがある。こうした何気ない情景や、そこでの人々の心根との触れ合いの積み重なりが、旅を織りなし、旅を彩《いろど》っていく。

人生もまた一つの旅だとすれば、その旅の中で、人の心の最も美しい表れである詩情や人情と触れあうことこそが、生きる喜びであり、その記憶のありようが、ひいては人と人の社会の豊かさをかたちづくっていく。

とすれば、予期せぬ出会いのなかに見え隠れする心根《こころね》や、そこで生まれた、小さいけれど、どこか人間的な暖かみの漂うささやかな物語にこそ、詩や俳句にとって大切なテーマが潜んでいるかもしれない。ましてや、一期一会の一瞬の美を謳《うた》う俳諧《はいかい》であれば、なおのこと……

たまたま出会った、かさねという名の可愛い女の子のことを、日本に古くからあり、万葉の時代から歌にも歌われた、撫子《なでしこ》は撫子でも、花びらが重なった八重の撫子にかさねた素直な句は、さすがに曽良の作だが、その一句を、わざわざとりあげて記《しる》すところに、芭蕉の心象《しんしょう》が映る。つまり芭蕉は、そのような素直な反応もまた、俳諧にとって大切な何かだと言っている。

なお、黒羽に早く辿り着きたいと、あえて書いているからには、そこに何かがあるのだろう、という興味を、さりげなく読者にもたせているあたりも面白い。

9　黒羽

黒羽《くろばね》の里の、名代《みょうだい》の浄坊寺《じょうぼうじ》とかいう人を訪ねる。名代は、思いもかけないほど喜んでくれて、昼も夜も語り明かして、彼の弟の桃翠《とうすい》という人も、朝となく夕べとなく、しきりに訪ねてきてくれた。自分の家にも連れていってくれたり、その親戚の方々も私たちを招いてくれたりなどして、そんなふうに日々を過ごしたが、ある日、郊外を散策して、むかし犬を放って騎馬武者《きばむしゃ》が弓で犬を射る犬追物《いぬおうもの》が行われた場所や、篠原の先の玉藻《たまも》という場所にある古墳を訪《おとず》れたり、そこから八幡宮《はちまんぐう》にお参りをした。かの弓の名手、那須与一《なすのよいち》が、屋島での源平の合戦で、平家が舟の上に掲げた扇の的を射るさいに、南無八幡大菩薩《なむはちまんだいぼさつ》、格別な神社である我が国の氏神正八幡……、と神仏に祈ったという、その口上《こうじょう》に出てくるのが、この八幡神社だときいて実に感慨深いものがあった。そこでしばらく時を過ごし、日が暮れたので桃翠の家に帰った。

また、光明寺という修験寺《しゅげんでら》があり、そこに招かれて、行者堂《ぎょうじゃどう》を拝んだりもした。

夏山に足駄《あしだ》を拝む首途《かどで》かな

おそらくは弟子や、芭蕉が旅に出ることを知った知人たちのはからいだろうけれども、やはり芭蕉には、旅の先々に、ぜひ立ち寄りなさいとあらかじめ紹介された人たちがいたことが分かる。

その人たちの多くは、当然のことながら芭蕉が誰かを知る、その土地の有力者や、それなりに教養があり俳諧のたしなみなどもある人たちだっただろう。

ここで芭蕉が頼った人物も、文面では、芭蕉と直接面識があったわけではないように書かれているけれども、実際にはそうではなかっただろう。

どちらにしても、芭蕉が大切な客人として歓待され、親族一同をあげての接待を受けているところをみれば、仲介者《ちゅうかいしゃ》が、よほど力のある人だったのかもしれないし、親族か知人の誰かが、たとえば江戸で、何らかのかたちで芭蕉と会ったことがあったのかもしれない。

名代というからには、また名前の大層さからして、この人が、この地方の有力者であることはもちろん、その弟が、桃翠という名前であるところを見れば、彼が桃青《とうせい》という号を持つ芭蕉の弟子であったことは十分に考えられる。

そうした書き記されていない背景はともかく、大切なのはもちろん、訪《おとな》うことを歓迎されるほどに、芭蕉の名声がそれなりに高かったということと、このような都を遠く離れた場所にも、俳諧を愛する人物がいたということ、つまり俳諧という文化が、それなりに広まっていたということである。

ともあれ、夜となく昼となく語り合える人たちと共に何日かを過ごし、どこか安心して、しばしの観光気分にひたっている芭蕉の様子が面白い。

もちろん、そういう人がいればこそ、地元に縁《ゆかり》の場所を訪れることも、それにまつわるいろんな物語を聞くこともできる。そんな人の案内で、平家物語の名場面、扇の的《まと》の名せりふの中に名前が出てくる神社にお参りをして感慨に浸っているあたり、まるで一介の観光客のようだ。

しかし、日本人の美意識にとって、極めて大きな影響を及ぼしている源氏と平家の物語、とりわけ琵琶の音と語りが一体となった、栄枯盛衰《えいこせいすい》を哀しくも強く謳《うた》う平家物語の数々の名場面に対する想いには、当時の人々にとって格別のものがあったと想われ、それは芭蕉も同じだっただろう。

なにしろ現在の東北地方である『奥』は、源氏の勝利の立役者でありながら、義理の兄によって朝敵《ちょうてき》とされ、不遇の末路を余儀なくされた悲劇の主人公、義経を語る際に重要な、さまざまな物語の舞台なのだ。

八幡神社からの帰りがおそくなったのも、芭蕉を尊敬していると想われる桃翠との会話に熱がはいったからにちがいなく、那須与一《なすのよいち》が建立《こんりゅう》したと言われている光明寺に立ち寄ったのもその流れからだろう。

ただ、これまで淡々と記してきた芭蕉の、那須与一や八幡神社を語るあたりの筆遣《ふでづか》いに、妙な意気込みのようなものが感じられて面白い。もしかしたら芭蕉は、古《いにしえ》の武士という存在に、心中《しんちゅう》、強い関心を抱いていたのかもしれない。

これからの長旅を想い、いくぶん気を引き締めようとでも思ったのか、修験寺《しゅげんじ》で旅の無事を祈願《きがん》して、そこに奉られていたと思われる修験者の履《は》く、おそらくは一本歯の下駄を拝んでいる辺りも面白く、そこで、まるで弟子の曽良のような率直な句を詠んでいるあたりも、いかにも人間味が感じられて面白い。

意外と素直な、等身大の芭蕉の人となりを、少しかいま見るような気もするが、すでに江戸からも遠く離れ、これからの道行きを想えば、芭蕉もさすがに心細くなってきたのかもしれない。

というより、自らの心のなかで大切な何かとしてある場所や故事と、直接触れあうためでもあるこの旅と、そこで成し遂げるべき本意を思い、初心に帰ることをあえて肝に命じているようにも見える。門出《かどで》という言葉に、首途という文字を用いているあたりにも、芭蕉の決意のほどが表れている。

10　雲巌寺

おなじ黒羽にある禅寺《ぜんでら》の雲巌寺《うんがんじ》の奥に、仏頂和尚《ぶっちょうおしょう》の山の菴《いおり》の跡があるというので訪れた。

竪横《たてよこ》の五尺にたらぬ草の庵《いお》むすぶもくやし雨なかりせば

そんな歌を、松の枝の燃え残りの炭で、岩に書きつけたという話を以前聞いたことがある和尚の、その庵の跡を見てみようと、杖をついて雲巌寺の方に行くと、ほかにも同じように庵を訪ねようとする人たちがいて、若い人も多く、道行きは賑やかで、いつのまにやら目指す庵に着いた。そうとう奥深い山と見え、幹に水が滴る苔を生やした松や杉の大木が生い茂るなか、谷間の道が遠く遥かまで続いている様子。四月というのに、空は寒々しかったが、寺の見所の十の景色を見終わったころ、ようやく開けた場所に着き、橋をわたって山門に入った。さて、例の庵の跡はどこかなと思って、後ろの山の坂をよじ登ってみると、岩の上に小さな庵の跡が、岩にしがみつくようにしてあった。かつて妙禅師が死関《しせき》と自らが名付けて十五年も籠《こも》り続けたという岩窟や、法雲法師《ほううんほうし》が過ごしたという石室も、こんなふうだったのだろうかと想ったりもして、とりあえず詠んだ一句を、柱にかけて残してきた。

木啄《きつつき》も庵《いお》はやぶらず夏木立《なつこだち》

修業とはなんなのだろう。仏教であれ、キリスト教であれなんであれ、宗教に帰依《きえ》する者のなかには、世俗を離れ、自らを厳しく律し、ただ専念して神や仏と向かい合おうとする人が、むかしから少なからずいる。

彼らはそれによって、何を得ようとするのだろうか。あるいは何を捨てようとするのだろうか。教義の中の理解できないところを知るためだろうか。ブッダやキリストが体験したであろう修業や苦しみの一端を追体験することで、何かを得たいということだろうか。聖者たちと自分を重ねあわせようとしているのだろうか、あるいは、そのような覚悟の中で生きること自体に意味を見いだしているのだろうか。それとも……

たとえ飢えや寒さを凌ぐことができたとしても、日々の暮しが満たされたとしてもなお、それだけでは満足しきれないのが、人間という奇妙な生きものだとしたら、それが人間の心のありようだとしたら、ほかに何が人には必要なのだろうか……

そのようなものは無いと、あるいはそれを求めないのが悟りだなどとするところに、もちろん答えはない。

修業は、芸人や職人たちにとっても、ものの見方や感じ方、それを表す技を学び身につけるためにも必要不可欠なものだが、そこでの修業と宗教のそれとは、何がどのようにちがうのだろう。

ともあれ、そういう人たちのために、縁《ゆかり》の場所や、故事の伝わる場所が遺《のこ》され語り継がれ、多くの人々が訪れたりするのも、人間らしさの一つの表れなのだろうと思う。

芭蕉のように、住み慣れた場所を離れて、わざわざ苦労をおして長旅に出て俳句を詠む心境とも、それはきっと、どこかで深く重なり合っている。

俳句を詠むという行為にも、やはり学びや修業が必要だろうが、しかし、それには何をすればよいのだろう。表現する力を、あるいは感じる力を身につけるには、それを究《きわ》めるには、どうすればよいのだろう。またそのための鍛練《たんれん》は、職人や宗教者の修業と同じなのだろうか。それともちがうのだろうか。

漂泊《ひょうはく》の思いに駆られて旅に出たという芭蕉の心の中には、そんな答えのない問いのようなものが、あるいは何となくわかってはいるけれど、あえて修行僧と同じような境遇に身をおいて、あらためて自らに問うてみたい何かが、いつもどこかにわだかまっていたのではないだろうかとも思う。

そして雲巌寺。この寺は、芭蕉にさまざまな影響、というより、世俗や江戸の俳諧の師匠としての華やかさを捨てて、このように何かを求めて旅に出るという生き方に大きな影響を与えた、芭蕉が仏頂和尚と呼んで敬愛した仏頂禅師に深い縁のある寺である。

仏頂禅師は、権力が絶対的であったこの時代に、自分が住職を務める寺の領地がほかの神社に取られてしまったことを不服として、幕府に訴えを起こした気骨のある人物であったらしい。今日でいう裁判は七年にも及び、結果として訴えは認められたが、仏頂禅師はその間、何度も江戸を訪れ、今も昔もやたらと手続きが面倒で時間のかかる役人を相手の申し開きや説明を根気よく続けた。その際、江戸での仮り住まいが、芭蕉の庵のあった深川にあり、芭蕉は、二歳年上のこの僧のもとにしばしば通って親しくつきあっていた。

向学心が旺盛な禅師は、若い頃から修業の旅に出て、旅先でさまざまな僧と出会って教えを請《こ》うたり問答を交わすなど、旅を学びの場とした。

そういうところは、どこか芭蕉とも通じ合う美意識の持ち主だった。というより、芭蕉にとっては、同年代とはいえ、禅や仏教を含めた文化的な造詣《ぞうけい》や生き方に関しては、むしろ師匠というべき存在だったと思われる。

身分の低い生まれだった芭蕉には、少なくとも二人の、決定的な影響を与えた、つまり芭蕉を芭蕉にした恩人ともいうべき人物がいる。一人は、故郷の伊賀上野の城下の武家、蝉吟《せみぎん》という俳号を持つ藤堂主計良忠《とうどうかずえよしただ》で、松尾という姓はあっても帯刀などは許されず、一介の貧しい家の次男の、金作という幼名を持つ松尾宗房、後の芭蕉を召し抱えて、芭蕉が本格的に俳諧と触れ合うきっかけを作った人物。

まだ十代の貧しい家の少年が召し抱えられたのは、おそらくは少年の才気に、どこか見所があったからだろうが、少し年上のこの人物とその影響がなければ、芭蕉という俳諧の天才は世に現れ得なかったかもしれない。

仏頂禅師は、そんな芭蕉が『奥の細道』を書くような芭蕉になるにあたって極めて大きな影響を与えた、もう一人の恩師ともいうべき存在だったと思われる。

それというのも、仏頂禅師は、禅の道を求めて旅を修業の場としたという経歴のみならず、その旅の果てに縁あって住職の座をもらい受けた寺の寺領を奪われるという理不尽が許せず、お上に訴え、とことん闘うという気概を持ち、さらに、その訴えが認められて寺領が戻ってきた途端、寺を弟子に譲るという、思い切りのよい潔癖さを兼ね備えた人物だからである。そんな和尚が、自分の近くに住んでいたという偶然が芭蕉にもたらしたものは極めて大きい。

何を学ぶにしても、人は基本的に多くのことを人から学ぶ。もともと、高価で貴重な書物を読んで学べるような家柄《いえがら》でもなかった芭蕉にしてみれば、和尚と呼んで親しくしていた禅の求道者である仏頂禅師から聴くさまざまな知識や話、とりわけ、そういう縁でもなければ知り得なかったかもしれない中国の歴史的な高僧である妙禅師《みょうぜんし》や法雲法師《ほううんほうし》、それにまつわる逸話などは、芭蕉の興味とも重なって深く心に染みたのではないかと思われる。

そして黒羽の雲巌寺は、禅の修行僧にとっては重要な寺の一つで、仏頂和尚《ぶっちょうおしょう》がしばしば修業をしたばかりか、本文にもあるように、その山の庵に籠《こも》りさえした寺。芭蕉にとって、どうしてもこの目で見てその気配《けはい》を感じ取りたい場所だっただろう。

そして芭蕉はその場所で、とりあえず詠んだ一句という、さりげない言葉とは裏腹の、俳諧の連歌の発句《ほっく》にはじまる、俳句と今日呼ばれる、彼が目指す短詩の形式のヴィジョンとコンセプトを凝縮させたような、見事な句を詠んでさらりと記《しる》す。

木啄《きつつき》、菴《いおり》、破らず、夏、木立。

五、七、五という、日本語の言語のリズムと呼応する極限的に短いフレーズのなかに、夏という季節。木立という自然。そこに生きる啄木鳥《きつつき》という動物、庵《いおり》という、人が自然の厳しさから身を守って暮らしを営むためにつくった最低限のしつらえと生き方。人として大切な何かを求める者の健気《けなげ》な想いを育む質素なしつらえの庵を、動物である啄木鳥《きつつき》さえも、同じ命を持つものとして、あえては破らないのだと感じ、それを句に詠む人の心。

もちろん啄木鳥が、実際にそう想ったとはかぎらない。そうではないだろうけれども、しかし、すべての命を育む自然の中で、同じ季節の風と光を浴びる、命あるもの同士に通じあうものとしてあるはずの何か。

眼に映る一瞬の景色の向こうに、人の心と自然と命との関係のありようがつくりだす情景を見てとり、言葉をもちいてそれを謳《うた》うこと。この句は、芭蕉という名を持つ一人の詩人の美意識と目指すところを宣言する句にほかならない。

繰り返すが、この句には、芭蕉が考える俳諧という表現《アート》のコンセプトと基本的な展望《ヴィジョン》が、実にシンプルなかたちで表現されている。

芭蕉は、仏五左衛門《ほとけのござえもん》のところで書いたように、自分自身が生きている、汚れきった世も末かと思われるような世の中で、そうではない生き方を、つまり、そうではない美しさのありようを求めて旅に出た。

あえて言えば、そこには、地球という、私たちの命を育む唯一無二の命の星の上で、物と欲望の大量生産と大量消費の無限拡大競争を破滅にむかって繰り返す現代を生きる私たちが、目を見張るほどの新鮮さと豊かさが、金銭や物質的な豊かさを追い求めてきた近代とは全く次元の異なる、尽きることのない豊かさの無限の広がりがある。

私たちが近代という、物と金の時代を脱して、そうではない、より持続的で豊かな人間的な喜びに溢れた、命と、命の輝きを大切にする社会を目指そうとする時の、一つの大きなヒントのようなものが、そこにある。

私が、このような文章を書いている理由も、また芭蕉と彼の創った作品が、時を超えさらには日本の風土をも超えて、今という時代に、世界中から愛される本質的な理由も、そこにある。芭蕉が俳句という、世界的にも類を見ない短い詩の形式による表現の可能性を追求するなかで大切と観《み》たものは、これからの地球時代を生きる私たちが大切にしなくてはならないものと、どうやら深く重なり合っている。

私たち人間には、どんなに豊かであっても豊かでありすぎることはない感受性と想像力と、それを美しい形や言葉にして表す創造力、あるいは表現力があり、それを美しいものとして感受し、共感し得る心と知性がある。そんな美しさこそ無限であって、尽きることがない。

ともあれ、たまたま近所だったので立ち寄ってみたと言わんばかりのそっけない書き出しだけれども、芭蕉にとって極めて大切な人が修業した縁《ゆかり》の庵を見て詠んだこの句には、仏頂禅師のような仏の道ではないけれど、自分や人にとって大切な美や心のありようと、それを表す技を、同じように究《きわ》めようとする一人の表現者である芭蕉の思いが溢れている。

また、このような見事な句を、とりあえず詠んだ、とわざわざ軽く書いているのも面白く、芭蕉の気風のようなものが窺《うかが》える。

11　黒羽から殺生石へ

黒羽から殺生石《せっしょうせき》というところに行くにあたっては、館代《かんだい》が馬と馬子《まご》まで手配してくれ、目的地まで送ってくれることになった。手綱を持って馬を曳《ひ》いてくれた若者が、できれば短冊を戴けますかと可愛いことを言うので詠んだ一句。

野を横に馬ひきむけよほととぎす

人を頼って訪れ、しばしの逗留《とうりゅう》をした黒羽で、芭蕉はずいぶん温かく迎え入れられたようだ。離れるにあたっては、芭蕉の世話をしてくれた館代、今でいえば副市長か助役にあたる人物が、わざわざ次の目的地である殺生石という、なんだか怖い名前の場所まで無事にたどり着けるよう、馬に馬子《まご》までつけて、送り出してくれている。

館代に言い含められたのかもしれないが、芭蕉がどのような人物かということを馬子までもが知っていたようすで、一筆なにかしたためてくださいとお願いをするあたりも微笑ましい。

芭蕉の心にも、館代や彼の弟をはじめとする人々の顔や言葉が、忘れ難く残っていただろう。誰しも、たとえ一時《いっとき》であっても、親しく心を触れ合わせた人々や、彼らと過ごした場所との別れは切ないもの。ましてや殺生石の先は、旅の初めに芭蕉が、霞の立つころには越えたい、と記した白河の関。それを越えればもう関東ではなく奥州、いわゆる道の果ての、奥ということになる。

そんな白河の関に向かう芭蕉に馬まで用意してくれたのは、ここから先の旅路を案じた館代の、せめてこの地にいる間は楽をさせてあげたいという気持ちからだろうが、それだけ奥と呼ばれた当時の東北が、伊達《だて》や酔狂《すいきょう》で簡単に行けるようなところではないのだなあという感じもして、そう思えば、乞われるままに若者に詠んであげた、ほととぎすも鳴く野原の一本路をゆっくり進む、いかにものどかな風情の漂う句も自ずと、ちょっとちがったニュアンスを帯びて見えてくる。

若者が何か書いてと言うので詠んだと、さらりと書き記しているので、なんだか気軽な感じを与えるけれども、なにしろほととぎすは漢字で不如帰と書かれることもあり、ようするにそれは、帰ったほうがいいよ、という意味。

これは昔、中国の王さまが国を出て遠いところをさまよっているうちにほととぎすになってしまったので、いまだに、帰ったほうがいいよ帰ったほうがいいよ、と鳴いているという故事からきているとされている。

だとすれば、馬子に手綱を引かれて馬にゆられて道を行く芭蕉が、なんとなく心細くなり、ほととぎすが鳴いて、その声が馬の行き先を変えてくれないかなあ、と言っているようにも感じられて面白い。

芭蕉の句は、まるで映画のなかの象徴的な意味合いを持つ美しい場面《シーン》のようでもあるために、多様な読み取り方ができるが、それもまた、読む人の情況や受け取り方によって、違った意味を帯びる優れた詩というものが持つ豊かさの、ひとつのありようだろう。

しかも俳句は、とりわけ芭蕉の俳句は、一瞬の情景《シーン》を詠んで、それが持つ意味をあえて限定せずに手元から放つために、逆に豊かな広がりや普遍性を持ち得る不思議な詩の形式であり、実に粋《いき》な方法である。

それは、一瞬を映した優れた写真のなかに、しばしば世界が凝縮されることにも似て、情景と表現者と感受者とが、それぞれの境を無くして美のなかに溶け合う一瞬の至福を、人の心にもたらし得る。

さらに付け加えれば、私がこのように、さまざまなことを想って心を遊ばせることができるのも、芭蕉が、句と共に、句が生まれる瞬間を取り巻く情景を必要最小限の言葉で描いているからであり、それらの総体をとおして芭蕉が伝えようとする、俳句の表現に関する自らの想いを込めた『奥の細道』という大きな物語に貫かれている表現者としての、強い意志の働きがあるからにほかならない。

芭蕉がこのように記述しながら旅を進める形式をとったことの意味と理由が少しづつ、確かさを現してくるように見える。

12　殺生石から清水流るる柳へ

殺生石は、温泉が湧き出る山陰《やまかげ》にあり、温泉の成分に含まれる毒気《どくけ》がそのまま消えずにあたりに漂い、蜂や蝶が、あたり一面、小石の地面が隠れて見えないほどに重なり合って死んでいた。そのあと、白河の関の近くにあるという、むかし清水《しみず》流るる柳、と西行法師《さいぎょうほうし》の歌にも詠まれ、また、教えを説きながら諸国を行脚していた偉いご坊さまの前に、往生できずにいた枯れかけた柳の霊が、老婆の姿をして現れてご坊さまに道を教え、そのおかげで成仏《じょうぶつ》して、そのお礼に舞を舞ったという筋の、遊行柳《ゆぎょうやなぎ》、として能にも謡《うた》われた柳のある場所を目指した。清水流るる柳は、蘆野《あしの》の里にあって、田んぼの畔《あぜ》のところに、いまだに枯れずに残っていた。この地の郡守《くにもり》の、たしか戸部とかいう名の人も、話の中でしきりに、あの柳を見てもらわないことには、と言っていたので、どこにあるんだろうと思っていたが、とうとう今日、その柳の影に立つことができた。

田一枚植えて立ち去る柳かな

殺生石《せっしょうせき》は、那須野の湯本温泉近くの、芭蕉が記しているように、温泉の硫黄《いおう》の成分が酸化してできた有毒ガスのせいで草も生えない、三途《さんず》の川の賽《さい》の河原もかくやと思われるような、ごろごろとした石ばかりの場所。

蜂や蝶の死骸があたりを覆っているのを見れば、このあたりの名所の一つとはいえ、とんでもないところにまで来てしまったと思っただろう。なにしろ芭蕉は、江戸からみれば、まるで地の果てのような奥に、これから向かうのだ。

そんな場所を早々に後にして、芭蕉は今度は、このあたりのもう一つの名所である、西行の歌に詠み込まれている柳を訪《おとな》う。

平安後期から鎌倉にかけての時代を生きた西行は、武家の生まれでありながら若くして出家《しゅっけ》をし、諸国を彷徨《さまよ》いながら歌を詠んだ風流人で、芭蕉の生き方の範《モデル》となったと考えられる人物の一人。そんな西行がこの地の柳を詠んだ和歌が、古今和歌集に収められているほか、遊行《ゆうぎょう》柳《やなぎ》という能の演目にも登場する。

その柳だけは、と人からも勧められた芭蕉は、柳を見るために立ち寄るが、もちろん人から言われるまでもなく、芭蕉自身が、冥土《めいど》へのみやげにとまではいわないまでも、ぜひとも見てみたいと、そしてその時には、西行と同じように柳の影にしばらく佇《たたず》んでみたいと思っていたにちがいない。

道の辺《べ》に清水流るる柳かげしばしとてこそたちどまりつれ　西行

文化は基本的に、多くの先人たちの働きの積み重なりによってできている。アートもまた、先人が耕し、そして遺した無数の美の土壌《グラウンド》の上に咲く花であって、成果を受け継ぐにせよ、そこから飛躍するにせよ、まずはそのグラウンドに足を踏み入れ、自らの足で立ってみなければ始まらない。芭蕉のような孤高の芸術家《アーティスト》であってもそれは同じだ。

芭蕉が至高のレベルにまで高めた俳諧もまた、日本語の音感を巧みに取り入れた和歌という表現あってのことであり、そこに表現された多くの美や想いや確かさの、豊かな広がりとの触れあいがあればこそ、そこから、あり得るかもしれない新たな美のありようを求めて踏み出すこともできた。

だからこそ、自分が学び敬愛してきた先人の縁《ゆかり》の地をこうして訪れ、まるで初心者のように、あの西行が立ち去りがたく、しばらく立っていたという柳とはどんな柳だろうと思い、同じようにその柳の影に佇《たたず》んでもみるのだろう。

文化的なことの不思議さは、たとえば誰かが何かをテーマにして作品をつくったとして、それに感動した人が同じように、あるいはアプローチを変えたりなどして新たな作品を創り、そのようなことが繰り返されることによって、この柳のように、テーマそのものが、一つの表現のフィールドに育っていくことである。

和歌の枕詞《まくらことば》なども、もともとは、誰かが何かに感動することによってできた優れた歌を、あるいはそこで用いたお洒落《しゃれ》な表現を、別の誰かが、その印象や言葉遣いを自らの歌の中に謡い込むということが繰り返される中から、特定の言葉が表現上のキーワードに育っていったと思われるが、この柳のように、それをめぐる表現をつなげる働きをする具体的な物や場所などもある。

芭蕉の関心は、どうしてそのような働きをするに至ったのかを、自分が実際に目で見て触れあうことで確かめてみたいということでもあるのだろう。

しばらくのあいだ、西行と同じように、おそらく近くに清らかな水が流れる柳の影に立った芭蕉は、奥への入り口の那須の地の、柳の葉を揺らす夏の初めの風のなかで、どんなことを感じたのだろう。

この地にも、田に薄く張られた水が光を返す田のなかで田植えをする人たちがいて、思いにふけるうちに、気が付けば、いつのまにかもう、一枚の田の田植えが終わろうとしている。それを機に、その場を立ち去る芭蕉が向かうのは、白河の関である。

13　白河の関

旅に出て、なんとなく不安な心のままに日々を過ごしてきたけれども、白河の関にまでたどり着き、ここにきてようやく旅の覚悟も定まった。むかし平兼盛《たいらのかねもり》が、こうしていま自分が白河の関を越えようとしていることを都へ伝えるすべはないだろうか、と詠んだ気持ちが分るような気がする。

なにしろ関所は諸国にたくさんあるけれども、そのなかでも、この白河の関は奥州の三関とよばれる関所のなかの関所であって、ここでは、風流を愛《め》で、それを歌にして表す風雅《ふうが》を好む風騒人《ふうそうびと》なら誰でも特別の感慨を覚え、詩心《しごころ》を抱かずにはいられない場所なのだ。

むかし能因法師《のういんほうし》が、霞が立つころに都を出たけれど、白河の関ではもう秋風が吹いていると詠《うた》い、平親宗《たいらのちかむね》が、都はまだ青葉の季節なのに白河の関ではもう紅葉が散り始めている、と詠ったこの場所で、耳はその秋風が吹き過ぎる音を聞き、眼はともすれば、紅葉の俤《おもかげ》を見てしまうなかで、不遇の親宗の末路までもが思い出されて、目の前の、ところどころ青葉を残した木々の梢に、ひときわ感じるのは、あはれ。そんな夢と現《うつつ》と幻《まぼろし》とが混在するなかに映る、咲く卯の花の白の妙《たえ》、それに混じって茨《いばら》の花が寄り添うように咲き、秋と言われて来たのに白河の関ではもう初雪が舞っていると詠った久我《こが》通光《みちみつ》が見たであろう雪景色にもまさる風情《ふぜい》。

ほかにも白河の関を詠んださまざまな先人の歌の景色が目に映り、藤原の清輔の書物にあった、この関を越えて奥を治めに行く古《いにしえ》の国司が、能因法師に敬意を表して、正装をして関越えをしたという話までもが思い出された。

卯の花をかざしに関の晴れ着かな　　曽良

白河の関は、奈良時代からすでに、大和からみれば辺境である蝦夷《えぞ》との境界にあるシンボリックな場所として、古くから多くの和歌に謡《うた》われ、白河の関という言葉自体が枕詞《まくらことば》となり、それを詠《よ》みこむことによって、古の歌人たちが詠んだ世界と自ずとつながりあう働きをするようになっている。

俳句の源流である俳諧は、もともとは、和歌の世界で古くから知的な遊びとして行われてきた連歌の大衆版ともいうべき俳諧の連歌の発句である五・七・五の部分の面白味を際立たせた言葉遊びとして江戸時代あたりから大衆化し、一種のブームになった。

俳諧の連歌は基本的には連歌と同じように、複数の人々が寄り集まって即興で詠みあったりする座興《ざきょう》的な言葉遊びだったが、そこでもて囃《はや》されたのは、機知や機転や頓智《とんち》を楽しむことで、当時の俳諧は、たとえば一つの言葉から、それに類する言葉や意味を連想させる縁語《えんご》や、言葉の響きをほかの言葉を連想させるように用いる掛詞《かけことば》などの、洒落《しゃれ》の面白さを競い合うものだったらしい。

つまりそこでは、なにより言葉遊びの才覚が必要で、逆にいえば、低い身分の出身でありながら、その俳諧で若いうちから頭角を現し、俳諧で食べて行ける俳諧師にまでなった芭蕉は、そのような才覚が頭抜《ずぬ》けていたにちがいない。

ところが、この『奥の細道』で詠まれている俳句は、内容的にはそのような俳諧とは趣意《しゅい》の異なるもので、そこには、俳諧では必要不可欠な、場を興じさせるような派手さや、わざとらしい言葉遊びは、むしろ押さえられている。

そしてどうやらそこにこそ、芭蕉にとっての旅の意味があり、『奥の細道』で芭蕉が展望《てんぼう》し実践《じっせん》している、それまでの俳諧とは異なる新たな表現の地平《フィールド》がある。そして、その地平をきり開いてみせたからこそ、その後の、今日の俳句がある。

文化の世界におけるパイオニアとは、過去の先人の遺産を受け継ぎつつ、それを後の世代に新たな可能性をつけ加えて手渡す働きをする者のことだが、芭蕉はまさにそのような存在といえる。

そこでは芭蕉は、おそらく、歌枕を生みだした和歌の世界の先人たちが、すでに詠われてある和歌を用いて、先人たちや過去のすぐれた作品とコラボレーションをし、作品に深みや奥行きや広がりを持たせたりした豊かな慣《なら》わしを、俳諧の世界にも何らかのかたちで導入すると共に、和歌よりも少ない句によって表現する俳句に、だからこそ表現できる何かがあることを証明したかったのだと思われる。

だから芭蕉は、風騒《ふうそう》の人なら誰しも詩心《しごころ》を抱かずにはいられないと記《しる》す白河の関で、自らの思いを溢れさせるかのように、先人の作品につながる言葉を連発する。

現代語にするにあたって私は、江戸時代のすぐれた芭蕉研究書である『奥細道菅菰抄』などを参考にして、芭蕉がこの場で想起したと思われる人物や、歌の一部を地の文に入れ込むことにした。

たとえばむかし平兼盛が、と書いた部分では、芭蕉のもともとの記述では、どうにかして都に、という気持ちが分かるような気がする、とだけ記し、その後の、耳は秋風の音を聞き、(眼は) 紅葉の俤《おもかげ》を追えば、青葉にいっそうあわれを感じる、という部分でも、能因法師や平親宗などの古の歌人の名も歌も記してはいない。

しかしここでの芭蕉の表現は、注意して読めば、芭蕉がここを通った時はまだ夏の初めのはずだったよなあと不思議に想い、どうして芭蕉は？　と考えて初めて、過去の歌との関連に思い至るような表現になっている。

そういう意味では、冒頭の平兼盛の歌の一部の引用は、その伏線の働きをしているとも言える。ただこれは、当時の教養のある趣味人であれば、有名な白河の関での歌のいくつかは当然知っているとして、このようにしたとも取れるし、あるいは『奥の細道』そのものが、もともと他人が読むことを、ましてや芭蕉から三百数十年もの時を隔ててまで広く読まれるとは必ずしも思っておらず、あくまでも自分が俳句を究めるための、そしてほんの少しの弟子たちに想いを伝えるためのものだったと考えれば、もとより説明など必要のないことだったのかもしれない。

ただそれでは、現代を生きる私たちには、秋の景色も冬の雪も、何もかもが一緒に出てくる地の文の意味が分かりにくくなってしまうので、あえてこのように関連する歌の一節を訳に入れ込むことにした。

それでも、白河の関での芭蕉の古歌や故事の引用ぶりはすさまじく、おそらくは、ここで理解しやすくするために私が付け加えた以外にも、もっと多くの人や歌と、芭蕉は心のなかで時空を超えて語りあっていたにちがいない。

そこでは、たとえば俳諧の連歌の席などで、生身の人を相手に、その場の反応などを見ながら発する言葉が巻き起こす面白味とは、全く違う次元の豊かさと確かさを、芭蕉は感じていただろう。

おそらく芭蕉は、幻想《イマジネーション》の中のことではあるけれども、実際に見える白河の関の景色よりも、はるかに豊かな情景を見ていたのだろう。そして、それこそがまさに、芸術という、人が成し得るもっとも豊かな働きの可能性と直結する何かであって、『奥の細道』という作品に対する芭蕉の強い想いもまた、それと深く関係している。

文化というものが、過去から未来へと、伝わり伝えられ、それが蓄積されたものだとすれば、どんな表現の分野にも、手本にするような人や作品が、過去や周りにたくさんあり、それは歌を詠むということにおいても同じであって、芭蕉にとってそれは、おそらく禅僧の修業にも通じる、日々を修練の場と覚悟し、それをむしろ愉《たの》しむ心を培《つちか》うことでもあるだろう。

先人に敬意を表し、正装をして白河の関を越えたという古《いにしえ》の国司の故事にならって、あらためて気を引き締めてここを越えたいけれど、みすぼらしい身なりをした二人であってみれば、せめて卯《う》の花を、白妙《しろたえ》の衣の袖《そで》をかざすように我が身にかざして、という曽良の素直な句は、芭蕉自身の心模様《こころもよう》でもあっただろう。

なお、本書ではこれからも、現代ではあまり用いられないけれども、『奥の細道』にとって重要と思われる言葉や、特に重要と思われる枕詞《まくらことば》やほかの歌などとの関連など、それを示した方が分かりやすいと思われることについては、必要最小限の情報を現代語訳の中に入れ込み、随想のなかでは主に、芭蕉の心境や、表現者として芭蕉の意図や方法などを中心に述べることにする。

14　須賀川《すかがわ》の宿《しゅく》

なんとか白河の関を越えて、あぶくま川も渡った。左の方には会津磐梯山《あいずばんだいさん》が高く見え、右の方には、岩城、相馬、三春の里があり、広がる常陸《ひたち》、下野《しもつけ》の地の向こうに山々が連なっている。かげ沼というところを通って行ったけれども、その日は空が曇っていて、光が物影を映し出すこともなかった。そのまま須賀川の宿場町まで行き、そこの宿の長をしている知人の等窮《とうきゅう》を尋ねたところ、引き留められ、結局そこで四、五日を過ごすことになった。

彼が開口一番、白河の関越えはいかがでしたか、どんな句をお詠みになりましたかと訊ねるので、いやはや、とにかく道程《みちのり》が長いのが苦しくて、心身ともに疲れ果て、しかも風景に心を奪われ、この場所を舞台に詠まれた古の歌のことなどを想えば、懐かしくもあり、詠まれた歌の哀しみがひしひしと感じられたりなどして、あまりに哀しいことがあると腸が断ち切れてしまうという中国の故事さながらの、断腸の想いさえもして、想いをめぐらさねばとは思いながらも、とてもそれどころではありませんでしたよと答えた。

風流の初めやおくの田植えうた

ただそうはいっても、俳諧に長じた等窮を前にして、しかもこうして家に寝泊まりさせてもらって、なにもしないで発つというのも、と思ってこのような発句を詠むと、すぐに等窮が脇の句を読み、曽良が続いて三の句を詠んだので、そのまま句会となって歌仙《かせん》を巻いた。

またこの町のはずれに、大きな栗の樹があり、むかし、世を捨てて、その樹の木陰で暮らす僧侶がいたという。もっと山奥の人里離れた深山に籠《こも》り、栃《とち》の実を採って静かに暮らしたという古の歌に出てくるような歌人の暮らしも、こんなふうなものなのかなあと思われたりもしたようで、栗の木というのは、西の木と書くわけで、もともとは、西方浄土《さいほうじょうど》の木であって、行基菩薩《ぎょうきぼさつ》の日々の暮らしを支えた杖にも、またそのお住まいの柱にも栗の木が用いられていたらしい、と何かに書き記したりもしたとのこと。

世の人の見付けぬ花や軒の栗

白河の関という難所を越えて、ようやく道《みち》の奥《く》へと踏み込んだ芭蕉は、さすがに一息つきたかったのだろう。等窮という人を尋ね、そこに逗留《とうりゅう》して骨休めをしている。彼は名前からして、また親しげに連句などを詠みあったりもしているところをみても、芭蕉と志を同じくする仲間で、芭蕉が来るのを待ちかね、休む間もなく息急《いきせ》き切って話し始める様子が目に浮かぶ。

俳諧に関して、まともに彼の話し相手になれるような人物も周りには、おそらくそれほどはいないのだろう。さっそく白河の関はどうだったかと畳みかけて尋ねている。

それに対して芭蕉が、関越えが大変で、それどころではなかったよと、興味深々で熱心に芭蕉を見つめる相手を、とりあえず軽くいなしているあたりも面白い。ただ、おそらくは等窮の求めに応じてのことだろうが、ここで何もしないというのもと言いながら、芭蕉は歌仙、つまり何人かが集まって句を詠む、俳諧の連歌《れんが》を巻いている。

もちろん芭蕉は、ダイレクトに白河の関に触れたりなどはせず、この地を散策するうちに耳にした田植え歌を詠み込んだ発句によって、まるで万葉の読み人知らずの歌の心にまでつながるような大きなテーマ、人が歌を詠むという原点そのものに、なにげなく、しかし優雅にアプローチしてみせる。

白河の関を越えた、江戸あたりからみれば辺境の、はるか昔には蝦夷《えぞ》だったこの地にも、大和文化を象徴する和歌の原点ともいうべき稲田の風景があって人がいて、そこで歌われる田植え歌に、風流の初めを観ると詠んでみせるあたりはさすがだ。

等窮も、心地よい詩心の昂《たか》まりを覚えたに違いない。旅の途中で、互いに同じ表現の世界を愛し、機微《きび》をわかりあう人と、そうして句を詠みあうこと、そんな豊かな一瞬を分かち合えた芭蕉は、生気が蘇《よみがえ》る想いをしたに違いない。

加えて芭蕉は、町のはずれにある栗の木と、それにまつわる一人の僧に触れる。おそらくは、人からの施《ほどこ》しのほかは、ろくなものも食べずに、何もない時には蓄えた栗の実で生をつなぎ、家も持たず、名のある僧のように山奥に庵をつくって籠ることすらせず、一本の栗の木を自らの棲処《すみか》と見立てて、遥かな西方に想いを馳せたりなどしながら生きる一人の人。

普通に暮らす人たちに比べれば、寒さやひもじさも含め、身近に生死と向かい合っていたにちがいないと思われるけれども、しかし、そうして生きるなかでその人が見つめるものは、なによりもまず、彼が憧れ、美しいと、あるいは大切と想う精神、つまりはイマージナティヴな世界だろう。

それは、目の前の風景に美を見いだし、あるいは、ここにはない美を見つめ、それを追い求める芭蕉のようなアーティストとも通じあう生き方だったかもしれない。

人が目を留めることが、たとえなかったとしても、栗には栗の花があり、そしてそれも、一つの花。

ちなみに、俳諧の連歌は、五・七・五の発句の後に、基本的には七・七の、脇《わき》の句と呼ばれる第二句を続けた後、三句、四句と、五・七・五や七・七の句を、座を共にするものが詠み連《つら》ねていく遊び。

詩情の豊かさというよりは、可笑《おか》しみを楽しむものとして人気を博したが、芭蕉以後は、そこからは脱して、詩趣を重んじるものになっていった。一般的には三十六の句を連ねて一巻きの歌仙とするが、ここで芭蕉は、曽良と等窮との三人で三十六の句を詠みあっている。

俳諧の連歌はこのころ大いに好まれたようで、芭蕉ほどの俳諧師ともなれば、行く先々で歌仙を巻くことを求められ、座を用意されることも多かったにちがいない。

ただ俳諧の連歌もやがて、いろんな細かなルールや形式が重んじられるようになって複雑化した。俳句にせよ茶道にせよ、何らかの面白味をきっかけにして始まり、大衆化して人気を博した文化的な芸や遊びなどが、次第に作法《ルール》を重んじるようになり、それが複雑化して、ともすれば作法そのものに縛られていくようになりがちなのはなぜだろう。

もしかしたらそこには、日本という社会に特徴的な、ひとつの文化的な傾向のようなものがあるのかもしれない。

ともあれ芭蕉は、そのようなことから遠く離れたところへ、あるいは、すべての始まりと触れ合えるところへ向かおうとしている。

15　あさか山からしのぶの里へ

等窮《とうきゅう》の家を出て五里ほどの、檜皮《ひわだ》の宿を出たあたりに、あさか山という、古《いにしえ》の歌にも詠まれた山があり、路からそれほど離れてもいなかったので行ってみることにした。あたりに沼をたくさん見かけたので、沼地に生え、あさか山を詠んだ謡《うた》にもでてくる勝美草《かつみそう》を刈り取るのは、たしか今ごろではないかと思って、どの草が花かつみですかと、いろんな人に聞いたけれども、誰も知らず、沼を見つけては、そのあたりにいる人に訊ね、かつみかつみ、と聞き回っているうちに、いつのまにかお日さまが山に沈む時刻になってしまった。仕方がないので、二本松というところを右に折れ、能に謡われた黒塚の、人を喰《くら》う鬼女が棲《す》んでいたとかいう岩谷を見て、福島に宿をとった。明くる日は、百人一首にも、みちのくの、しのぶもぢずり誰ゆえに、乱れ染めにし、われならなくに、と詠み込まれた、忍摺《しのぶずり》という、乱れ模様で有名な染めものを染める際に用いたという、忍ぶ文字摺りの石、を見に忍の里に行った。

その石の上で染めることで、そのような模様ができるといわれている石は、山あいを入って行った奥の小さな村に、なかば土に埋もれるようにして在った。やってきた村の子供が教えてくれたところによれば、昔は山の上に在ったけれども、この石を見ようと、来る人来る人が麦畑などを踏み荒らして山にのぼり、忍摺りを試そうとしたりするので、村人が怒って石を谷に突き落としてしまい、こうして、もともとの面《おもて》を下に、逆さまになって土に埋もれているのです、とのこと。

そうか、そういうこともあるんだろうなあ、と思ったことだった。

早苗《さなえ》とる手もとや昔《むかし》しのぶ摺《すり》

気心《きごころ》の知れた等窮との打ち解けた話の中では、おそらく、この地にゆかりのある歌のことなども出ただろう。その余韻もあるのか、芭蕉はさかんに歌にちなんだ場所を訪れている。しかし、かつみ草のことを尋ねても誰も知らず、しのぶ文字摺の石にいたっては、もともとあった場所から谷につき落とされて、なかば土に埋もれてしまっている始末。どこにでもあるような山里の、ありきたりの日常が、今日も昨日も、そして明日も、詩人である芭蕉が生きる時空や風流の趣とは別の、そういうものとはどこか無縁なものとして流れている。

余談になるが、私は以前、十九世紀に生きた画家、ギュスターヴ・ドレの生まれた、フランスのアルザス地方のストラスブールを訪れたことがある。ドレは私が敬愛する画家で、『神曲』や『聖書』や『失楽園』や『ドン・キホーテ』など、ヨーロッパの精神世界を形作る重要な古典文学を、劇的でロマンティックな、極めて精緻《せいち》な木口木版による膨大な量の挿画《さしえ》に描いて絵物語化し、私たちの共有イメージとでも言うべき世界を創り出した視覚表現史の天才だ。

私は、その後の映画などにも大きな影響を与えた彼を、物語に過剰な宗教色や観念的な価値観を持ち込まない、健康的とも現代的とも言える画風も含め、本質的な意味で、今日のビジュアル時代の扉を開けた人物として高く評価しているので、彼が生まれ育った街を、いちど見てみたいと思ったからだ。

ところがストラスブールを訪れてみると、街のいたるところに、ドレの表現のモチーフになっている独特の建築や風景があり、彼の画に漂う、どこかロマンティックな佇まいも強く感じられたが、しかし、彼の業績を讃える施設や記念館のようなものが、どこにも見当たらない。

十九世紀に有名《ポピュラー》すぎるほど有名であったために、あるいは二十世紀にはいって、印象派以降、写実的な表現方法から脱却していく流れが主流となったために黙殺《もくさつ》されることになってしまったのか、彼に関する情報そのものがほとんど皆無で、ツーリストインフォメーションの若い案内係さえ、ドレのことを知らないというありさま。

かろうじて、真新しい近代美術館にドレの部屋というコーナーがあり、イエスがゴルゴダの丘に向かう場面を描いた巨大な油絵などが数点飾られてはいたけれども、そこには、彼の最大の功績であるイラストレーションという仕事に言及し、その意義などを紹介するコーナーはなかった。

それは、油絵の方が版画よりも社会的に重要とされている通念からかもしれないが、しかしそれでは、ともすれば彼が単に、古典的な表現方法で写実的な宗教画を描いた、時代遅れの巧みな画家にすぎないという印象を人々に与えかねず、当時の最先端のメディアであった挿画本《さしえぼん》を、敢えて自らの表現のフィールドとして撰び、文化の大衆化時代に向けてそれを確立したドレの創意と先進性が抜け落ちてしまって、誰の心にも伝わらない。

そんなものなのかなあと思いながら街中《まちなか》にもどり、それでもなおドレの足跡を求めて彼の故郷の街を歩き回った私が見つけたのは、わずかに一つ。それほど古くはないビルの壁に埋め込まれていた、「ドレが子供時代に住み彼が初めて画を描いた家」と刻み込まれた一枚の真鍮《しんちゅう》のプレートだけだった。

さて芭蕉だが、花かつみは、まるでもう、それを詠んだいくつかの歌を知るものの心の中にしか存在していないかのようであり、忍ぶ文字摺の石にいたっては、それが日本を代表する歌集のなかの歌に詠み込まれた石だということとは無関係に、なかば迷惑視されながら、ひっそりと土に埋もれてしまっている。

もしかしたら、一般に人は、あまりにも身近なものには憧れを抱きにくい、あるいはそれを評価することに疎《うと》いのかもしれない。もしそうだとしたら、俳句はもちろん、美や哲学や思想など、人間の文化やその始まり、その元となる作品をつくりだす人のことなどを考えるうえで悲しい。

ありふれたものやことのなかに、今と明日につながる美や喜びや意味や可能性を見いだすことこそ、私たちが人の心と社会を豊かにするための基本であり、それに寄与することが、表現や思考という行為の役割だと思うからだ。

新しいものや異形のもの、新奇なものや刺激的なものばかりを追い求めていては、心が拠《よ》り所を失って静まらず、なにより私たちの日常が、美しく豊かなものにもならない。

考えてみれば芭蕉もまた、当時から有名であり、今でも俳聖と呼ばれたりなどしているけれども、はたして私たちが彼の業績《ぎょうせき》を、現代という時代の中で、さらにはこれからの時代ということを考えるうえで、本質的に正しく評価しているかどうかは疑わしい。

ヨーロッパでの俳句と芭蕉の評価が、一部の知識人の間でとはいえ、きわめて高いことを考えると、もしかしたら、外国人の眼には新鮮に映るにもかかわらず、日本人が、日本人であるがゆえに見過ごしてしまっているような何かが、もしかしたら芭蕉に関しても、あるかもしれないとも思う。

何もかもが遠い出来事のように見えてしまうこの里で、芭蕉はとまどいを覚えるが、しかし同時に芭蕉の目に、次から次へと早苗を手に取り、リズミカルに稲の苗を植えて行く人々の姿が映る。

　考えてみれば、その手と同じような手で、おそらくは忍摺《しのぶずり》も染められたのだと想えば、その手もとにこそ、昔を偲《しの》ぶべきなのかなとも思う。普通の人々の日常は、そんなものかもしれないなと、でも、そのような人々が、古の歌に詠まれる忍摺をつくったのだなとも思えば、芭蕉の気持も自ずと平静にかえって、忍摺と偲ぶとの語呂合わせなどを、つい、してみたくなったのかもしれない。

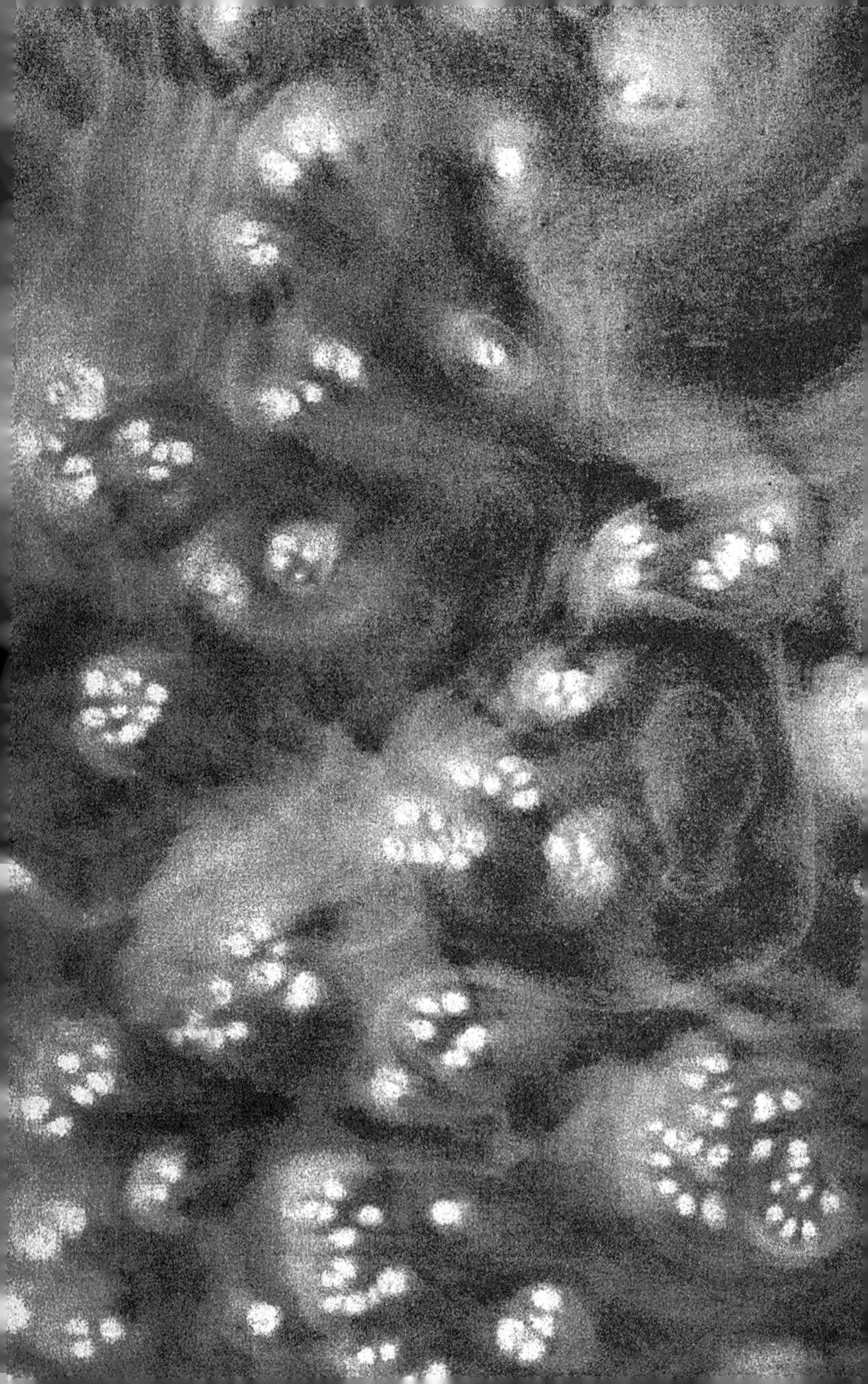

16　義経《よしつね》の太刀《たち》

阿武隈川《あぶくまがわ》を渡る月の輪の渡しを越えて、瀬の上という町に入った。そこは、藤原秀衡《ふじわらのひでひら》のもとに身を寄せていた源義経《みなもとのよしつね》が、義兄の頼朝の旗揚げに馳《は》せ参じるにあたって、家来として義経のお供をした二人の兄弟の父、このあたり一帯の荘園を管理する役割の庄司《しょうじ》であった武家、佐藤基治の館があった場所。

館の跡は、町の左の方にある山すそを一里半ほど行った飯塚の里の鯖野《さばの》にあると聞き、人に尋ねながら歩いて行くと、丸山というところに着き、どうやらそこが庄司の館のあった場所だということだった。

継信《つぐのぶ》と忠信《ただのぶ》の二人の兄弟は、義経の活躍と源氏の勝利に多大な貢献をしたばかりか、それぞれが、絶体絶命の義経の危機を身を挺《てい》して救った人物だが、山麓《やますそ》には大手門の跡などもあり、人から説明を聞けば聞くほど泪《なみだ》が落ちた。近くの古寺には一家のことを記した石碑《せきひ》もあったが、そこには、佐藤兄弟の二人の嫁の名もあって、それがなにより哀れに思えた。かの義経を護って命を落した庄司の二人の息子とその嫁たち。浄瑠璃《じょうるり》にも謡《うた》われ、女ながらにそのけなげさで、世に名を知られることにもなった二人の女たちのことを想えば、袂《たもと》を泪で濡らさずにはいられなかった。さらに泪をさそう佐藤一族の墓のある場所も、それほど遠くはなく、菩提寺《ぼだいじ》に入り、一服の茶を所望《しょもう》すれば、そこには義経の太刀や、修験者《しゅげんじゃ》の姿をした弁慶が、逃避行を余儀なくされた義経を護っての漂泊《ひょうはく》の旅の道中、必要なものなどを入れて背負ったという笈《おい》が、寺の宝物として、遺《のこ》されていた。

笈《おい》も太刀《たち》も五月《さつき》にかざれ帋幟《かみのぼり》

五月一日のことだった。

陸奥《みちのく》には、源義経と関わりのある場所が多くある。今日でもそれらは大切にされ、訪《おとな》う人も多くいるが、ましてや芭蕉の時代であれば、言い伝えも今よりもずっと、深くリアルな情を伴《とも》なっていただろう。

芭蕉が生まれたのは一六四四年で、江戸時代が始まってからまだ四十一年しか経っていない。

天下分目《てんかわけめ》の戦《いくさ》の余韻も冷めやらぬなかで、その頃はまだ、後に安定的な階級となって官僚化してしまう武士ではなく、戦乱の世を生き抜いてきた気骨と胆力を持つ侍たちなども多くいたにちがいない。

由井正雪《ゆいしょうせつ》が浪人たちを集めて幕府に対する反乱を起こしたのも一六五一年であり、徳川幕府はまだ、盤石《ばんじゃく》とはとてもいえない状態にあった。同時に、やっと訪れた平和を謳歌する気分もあったはずであり、俳諧などが持て囃《はや》され始めていたのもそんなことを背景にしていたのではないかと思われる。

なお、百年もの間続いた戦国の世の最後の覇者である家康には、一般に、ずる賢い狸オヤジのような、あまり評判のよくないイメージがつきまとってはいるけれども、おそらくは戦《いくさ》の恐さというものを、誰よりも身に染みて知っていた人物であり、江戸を開いてからの彼の政策を見れば、保身の意味があったにせよ、圧倒的な権力と細かな仕組によって、戦争が起こりようのない社会を具現化しようとしたとも考えられる。

しかも家康は、これからは武力の時代ではないと考え、出版や学問を奨励《しょうれい》するといった政策も採《と》っている。そして実際に、その後二六四年もの間、家康と徳川家は基本的に戦争のない国を結果的に実現したことになる。

そこには、これからの持続可能な社会をデザインする際のヒントのようなものが多く内包されているが、それはともかく、江戸時代が始まったばかりの芭蕉の頃には、戦のない社会が安定を見せ始めつつも、人々の話のなかにまだ、合戦《かっせん》で手柄を立てた侍の生々しい話などが、盛んに話題に上っていただろうと思われる。

そんな中で生まれ育った芭蕉は、一般的には下級武士の子とされているけれども、実際には禄《ろく》を食《は》むような身分ではなく、どちらかといえば耕す土地さえない農民のような、万が一の戦などあれば、足軽の末席に連なることが許されたかもしれないという程度の貧しい家の、しかも次男であって、おまけに十三歳で父を亡くして、生きて行くためにはどこか奉公先を見つけなければならなかった。そんな芭蕉であってみれば、武士という身分に、何らかの憧れや畏敬《いけい》の念のようなものがあったとしても不思議はない。

加えて芭蕉には、芭蕉が生まれた伊賀上野の侍大将、藤堂新七郎の息子で、本人の希望か親のはからいかはわからないが、まるで遊び友だちのような存在として芭蕉を召し抱え、芭蕉に俳諧の道を開いた、蝉吟《せみぎん》という俳号を持つ藤堂良忠《とうどうよしただ》の強い影響がある。

藤堂家は、戦乱の世を生き抜いた勇猛果敢な武将、藤堂高虎《たかとら》の一族で、高虎は、好井家、織田家、豊臣家、徳川家など、そうそうたる主君に重臣として仕えた経歴を持つうえ、築城に秀でた才能を持ち、徳川の世になってからは、関ヶ原の合戦での働きや、江戸城の改築での手腕によって、譜代大名《ふだいだいみょう》の処遇《しょぐう》で現在の三重県の津の藩祖《はんそ》になった人物。

そんな高虎の一族の、二歳年上の良忠にかわいがられて武家屋敷に出入りするようになった芭蕉は、もし良忠が若くして亡くならなかったら、たとえ下級ではあっても、そのまま側近として仕え、いずれ帯刀《たいとう》を許されて禄《ろく》を食《は》む、武士の末席に連なるということも、まんざら夢ではなかったかもしれない。ともあれ、武士であって、しかも教養の豊かな良忠の存在は、芭蕉にとって極めて大きかったと思われる。

結局芭蕉は、良忠の死後、そのまましばらく務めた後、俳諧師への道を進み始めて江戸に上るが、もし良忠が長生きすれば、『奥の細道』を書くような芭蕉になることは、もしかしたらなかったかもしれない。

旅の中で初めて出会う場所や人や遺跡を前に、まるで真剣勝負でもするかのように、一期一会の俳句を詠む芭蕉の姿には、武士の覚悟のようなものが、どこかで影響を与えているように思えてならない。

ただ、武士は、戦があってこその武士であり、剣の技も、胆力も、戦略上の知恵もそのためにこそある。だとしたら、戦がない時代において、それでは武士は何をすればよいのか。

命を賭《と》して生きる者としての武士が持っていたはずの気概や誇りのようなものは、何によって感じることができるのか。平和な時代に、そのような命は何によって輝き得るのか。そこにこそ、武士になりたくてもなれなかった芭蕉が、俳諧師としての高みを極めながらも、そこから抜け出て、さらなる高みへと飛躍していったのはなぜかという謎を解く鍵があるとも思える。

さて義経だが、義経がわずか三十年の短い一生を疾走したのは、芭蕉より五百年も前のことだが、義経の悲運の物語には、日本人の琴線《きんせん》にダイレクトに触れる何かがあり、平家物語や能や浄瑠璃《じょうるり》などに唄われ、日本中で義経は、長く広く語り継がれてきた。

芭蕉の晩年の元禄には、歌舞伎でも勧進帳《かんじんちょう》や義経千本桜が演目となって人気を博しており、その頃も、義経の人気が極めて高かったことがわかる。

今日でも、しばしばテレビドラマに登場するなど、少し前までは、牛若丸と弁慶の話を知らない日本人などいないくらい、義経は時代を超えた国民的ヒーローであり続けてきた。


私事になるが、幼い頃、私は祖父から毎晩、布団のなかで寝物語を語り聴かせてもらうことを楽しみにしていた。そこに登場するのは主に、義経や真田十勇士や黒田勘兵衛だったが、特に私が好きだったのは、九郎判官源義経《くろうほうがんみなもとのよしつね》の話で、祖父にねだって同じ話を何度も何度も語り聴かせてもらったことをよく覚えている。

ところで、どうしてそうなったのかはわからないけれども、日本人の精神風土のなかには、どこか妙に屈折した不思議な傾向がある。

長いものには巻かれろ、という諺《ことわざ》があるように、権力に対して、一般的には従順で、あまり逆らったりなどはせず、ともすれば時の権力に無意識のうちにもおもねるように、それに追従したりする一方、権力の生成過程で大きな貢献をしながら、逆にそのことで疎《うと》まれて、悲劇的な末路を余儀なくされた義経のような悲劇のヒーローに対しては、判官贔屓《ほうがんびいき》という言葉があるように、過剰なほどの感情移入をしたりもする。

ただ、それではどうして、後の世の人々から時を超えて愛されることになる義経が、義兄の頼朝から討伐の対象とされての逃避行で、あれほどまでに悲惨な境遇を余儀なくされ続けたのだろうかとも思う。

『安宅《あたか》の関』なども、修験者に身をやつした義経と弁慶たちが関所を越えようとして怪しまれた際に、疑いを晴らすために弁慶がとった懸命の行動に関守《せきもり》が心を動かされて、義経と見破りつつ、一行を見逃すという一種の人情話だが、それは要するに、それだけ義経を庇《かば》う人が少なかったという現実の裏返しでもあり、もしかしたらヒーローというのは、非運の死を遂げなければなれないのだろうか、と思えば哀しい。

ともあれ、奥州は義経にとって極めて縁の深い地域で、父を亡くして京都の鞍馬山《くらまやま》の寺に預けられていた牛若丸こと義経が、都を出て身を寄せた際に、当時、奥州全域を治めていた藤原《ふじわら》秀衡《のひでひら》が彼を認めて養育したことから始まり、頼朝の挙兵《きょへい》に何としても加わりたいと言う義経に、継信、忠信に加え、五十騎の、一騎当千《いっきとうせん》の騎馬武者をつけて送りだしたという経緯《けいい》もある。

当時、秀衡は日本を二分しかねないほどの絶大な力を持っており、拠点だった平泉は金や良馬の産出などを背景にして栄えた都でもあった。

そんな北の将軍ともいうべき秀衡の傘下の選りすぐりの騎馬武者とあれば、そうとうの機動力を持った部隊だっただろうと思われるけれども、実際、義経は彼らと共に、一の谷、屋島、壇ノ浦などの重要な決戦で、華々しく、源氏を勝利に導く決定的な働きをした。

にもかかわらず義経は、頼朝の政権樹立後は権力を脅かす危険な存在とされ、一刻も早く義経を討伐《とうばつ》せよという命令が下る。そして、ほとんど日本全土におよぶ逃避行の末、寄る辺をなくした義経を、幕府の命令に逆らって、再び庇護《ひご》したのが秀衡だった。

つまり平泉近辺は、義経が信頼できる人物のいる唯一の場所であったのだが、しかし最終的には、秀衡が病死した後、後を継いだ息子の泰衡《やすひら》が、鎌倉の圧力に耐えきれずに裏切り、わずかの仲間と共に潜伏する義経の館を急襲する。

もはやこれまでと観念して静かに自刃《じじん》しようとする義経を護り、大勢の兵の前に立ち塞《ふさ》がって、無数の矢を体に受けながら死んでもなお立って主君を護り続けたという、有名な弁慶の立《たち》往生《おうじょう》はこの時だが、こうした諸々の経緯もあって、奥州は、義経への想い入れと親しみと自負と悔悟《かいご》が入り交じった、ひときわ屈折した感情を抱え込んだ場所だ。

そして義経の運命と深く関わるこの場所での芭蕉の、これまでにはない感情の昂《たか》ぶりをみれば、『奥の細道』という旅のモチベーションそのものに、義経への想いと、彼にまつわる物語やその舞台となった場所への関心が、芭蕉のなかに極めて強くあったことが感じられる。

こうした背景に加えて、源平の戦いという、日本が赤と白の旗の下《もと》に二手に分かれての、その後の日本のありようを大きく分けた戦いを背景にした義経の物語には、哀れや情けや華や美、勇気や心意気や友愛や人情や恋などの、さまざまな情愛が、そして運命や理不尽といった劇的な物語《ドラマ》が備えるべき要素が、ことごとく含まれている。

そこには義経はもちろん、弁慶や非情な兄や恋人の静御前《しずかごぜん》や藤原一族など、際立ったキャラクターをもつ千両役者が勢ぞろいしていて、日本各地の山や海や都を舞台とする、京の五条の橋や鵯越《ひよどりごえ》や壇ノ浦《だんのうら》などを舞台に、まさに劇的なドラマを、次から次へと展開した挙句、悲劇として終わる義経の物語は、時空を超えて語り継がれるに相応しい名場面に溢れている。

那須の与一に縁《ゆかり》の場所をかわきりに、その物語の名残を豊富にのこす奥州に足を踏み入れた芭蕉は、いままさに、その物語に登場する人々の遺跡を訪れ、主人公である義経や弁慶の持ち物であったという遺品さえ眼にして、もはや感動を隠そうともしない。

ちょうど幟《のぼり》がはためく五月一日の空に、笈も太刀も飾れよと詠んだ一句に、芭蕉の万感が溢れる。

17　飯塚から笠島へ

その日の夜は飯塚に泊った。温泉があるというので、せっかくなら温泉に入ろうと温泉宿に泊ったが、土間に筵《むしろ》を敷いただけの床に寝るという怪しげで貧相な宿で、部屋には灯《あかり》さえない。しかたがないので、できるだけ囲炉裏《いろり》の火に近いところに寝場所を確保して横になった。ところが夜になると、雷が鳴り、雨が降りしきって、体を横たえた土間から水が滲み出し、蚤《のみ》や蚊にも刺され、とても眠るどころではない。持病さえ痛みだし、情けなくて、すっかり意気消沈してしまった。

ろくに眠ることもできないまま、ようやく夜も明けたので、早々に宿を出たが、それでも夜のことが尾を引いて、どうにも元気がなく、馬を借りて桑折の宿まで行くことにした。旅はまだまだこれからだというのに、こんな病を抱えてどうしたものかと思ったりしたが、しかし辺鄙《へんぴ》な僻地《へきち》への旅は、もともと自ら好んで撰んだ旅。旅の途中で果てることも、覚悟の上のことではなかったか。それこそ本望《ほんもう》というべきであって、それもまた天が定めた私の命運ではないかと観念すれば、ようやく気力も少しはもどり、曲がりくねった路をなんとか進んで伊達の大木戸の宿を越えた。

道が狭く険しく、鐙摺《あぶみずり》という、馬で通れば足を乗せた鐙《あぶみ》が岩肌に摺れるほどの難所を越え、白石の城も過ぎ、やっと笠島《かさじま》の郷《さと》に入ったので、そのあたりにあるはずの、古《いにしえ》の歌人の藤中将実方《とうのちゅうじょうさねかた》の墓はどこかと人に尋ねると、ここからもっとずっと先の、彼方に見える山すその、みのわ笠島という里に、道祖神を奉った社《やしろ》があり、そこに、都から奥州に左遷されての道行きに、道祖神を無視して馬に乗ったまま通りすぎたために罰があたって死んだ藤中将の形見のスキがいまでも生えています、と教えてくれた。しかしながら、このところの五月の雨による、あまりにもひどい悪路に、心も体も疲れ果て、みのわ笠島の里は、横目で見て通り過ぎた。道祖神の祟りで命を落とした実方ではないけれども、この五月の雨も、その種のたたりかもしれないと思ったりなどして、岩沼の宿に泊った。

笠島はいづこさ月のぬかり道

義経の遺品を見て気持ちを昂《たか》ぶらせた芭蕉だが、道の奥の旅であれば、そうそう良いことばかりは続かない。せっかく温泉があるのだからここらで骨休みと思って泊った宿は、温泉宿とは名ばかりの、畳はおろか、板敷きの床さえない貧相なぼろ宿。

湯に浸かって、義経や弁慶のことなどを脳裏に思い浮かべて余韻に浸るどころか、蚤や蚊の来襲に加えて、仕方なく横になった土間までもが雨でジメジメする始末。

まあ、これが行脚《あんぎゃ》の旅の現実かと観念するしかないのかもしれないが、こうした展開は、旅ならではのことで、一体なんの祟《たた》りかと、芭蕉でなくとも思っただろう。旅はしばしば、あらかじめ想い描いたシナリオを軽く無視して、いやおうもなく旅人を、意外な筋書きのなかに放り込む。

ただ、『奥の細道』の構成からいえば、ここにこのような話を持ってきたのは、実際にそんな目にあったかどうかに拘《かか》わらず、物語を面白くしたり、前節であまりにも感動して興奮してしまった自分を戒《いまし》める効果を与えているようにも思われる。

なんとなく、このあたりに芭蕉の周到なバランス感覚が働いているようにも見え、とことん疲れていたので馬に乗って行ったと予《あらかじ》め言っているあたりも芸が細かい。

なにしろここは、古の歌人の実方が、どうやら村人の忠告も聞かず、お祓《はら》いも、馬から降りて拝むこともせずに通りすぎようとして、祟《たた》りにあって死んだとされる場所。

それはともかく、降り続く雨に泥濘《ぬかる》んだ田舎道には実際、さぞかし難儀をしたにちがいなく、さすがの芭蕉も、うんざりして足早にこの地を去るが、祟りのことを知っているにも拘わらず、もうどうでもいいやと言わんばかりに足早に、なにもかも横目で見て、無理やり次の里を目指して進んだ様子。

どうやらすでに日も暮れて、笠島がどこかもわからないので通りすぎたとでも言わんばかりだが、そんなことでこの先大丈夫だろうかと、読む人を心配にさせたり、さらには泥濘んだ道と、何かをし損なう手抜かりのぬかりとを語呂合わせしたり、つきという言葉を掛詞のように用いたりしているあたりに、芭蕉の一種の茶目っ気を垣間みるような気もする。


ともあれ、病を抱えてこの先どうしようと言っている割には、意外と芭蕉には余裕がある。というより、文化というのは面白いもので、さまざまな過去の逸話や出来事やその解釈が積み重なって、多様な豊かさを織り成すけれども、同時に、本来は地域の歴史の豊かさや、人の心に広がりを与える方に行くべき故事が、なにかの拍子に人の気持ちや行動を縛る方に作用して語り継がれる場合があり、それが迷信化して人を過度に戒《いまし》めたりする方に傾くこともある。

宗教上の戒律《かいりつ》なども、そのようなものであることが多く、それは人間の想像力の過剰なほどの能力とも関係している。ただし、言い伝えなどは本来、人の心や暮しを豊かにしてこそ、あるいは現実的な危険を回避するものであってこそ語り伝える意味があり、人に恐れを与えたり人を縛ったりしたのでは逆である。

芭蕉もこの旅で、枕詞《まくらことば》をはじめ、多くの場所や事柄や故事来歴に触れることを楽しんでいて、それがこの旅の目的の一つでもあるけれども、芭蕉の旅は同時に、俳句という表現の可能性や働きを究めようとする旅でもある。

前節のように、義経にまつわる場所や遺品を見て感動し、素直に見事な句を読んだ芭蕉が、ここでは、それとは対極の、一種の戯歌《ざれ》のような句を詠んでいるのは、もしかしたら、本来は道行く人を護る存在であるはずの道祖神が、自分に敬意を表しなかったからといって、馬に乗って通りすぎた古人の命まで奪うとは何事かと、そんなことから語り継がれた祟りなど、やせ我慢でもなんでもして、軽く笑い流してこその粋、そんなものが恐くて俳諧が詠めるかと、表現者としての芭蕉は、言いたかったのかもしれない。

18　武隈の松

多くの歌人たちに詠まれ、いまでは陸奥《むつ》の国を指す枕詞とさえなっている武隈《たけくま》の松を見た時には、まさに目の覚める思いがした。一本の松の木が、地面から少し上のあたりから、二本に分かれて伸びている。こうして元の姿を失うことなく、形をとどめて在るのを見て、まず思い出したのは能因法師。その昔、陸奥守《むつのかみ》としてこの地に赴任してきた人が、もともとあった武隈の松を伐《き》って、名取川の橋の杭にしてしまったため、わざわざこの松を見にきたのに松を愛でることができなかった能因法師は、松はこのたび跡もなし、と詠んで惜しみ、千年経ったら、もういちど見に来るから、そのときは、かつてそうであったような二木の姿でいて欲しいと詠んだ。まさにこの松は、あるものは伐られ、あるものは新たに植えられ、接ぎ木などもされながら、何代にもわたって生まれ変わり、同じような姿を、こうして留め続けているとのこと。目の前におおきくそびえる姿を見れば、まるでひとつの松の木が、まさしく千年もの歳月を経て、このようにすばらしい姿かたちとなっているかのように見える。

武隈の松見せ申せおそ桜、と私の旅立ちに際して、挙白《きょはく》が餞別《せんべつ》に詠んでくれたことでもあり、いまここにきて、ようやく武隈の松を見て詠んだ一句。

桜より松は二木を三月越し

一本の松が、途中から二本にわかれて二本の大きな松の木のように見える。まるで二本の木が、根を共にして仲良く一緒になって生えているかのようでもあり、また、共に生きるはずのものが生き別れているようにも見えて、自ずと詩心を誘うのだろう。

また、そうした意味や情緒を汲み取る以前に人は、異形《いぎょう》のものに接したときに、わけもなく感銘を受けることがある。それはたとえば、不思議な格好をした岩であったり、珍しい生物であったり、巨大な造形物であったりする。

武隈の松が、古くから多くの歌人たちに謡われ続けてきたのも、なによりもまず、その独特の姿かたちの面白さが人の目と心を奪うのだろう。日本中、どこにでもあるような見慣れた松が、どこにもないような姿かたちで大きく育ってあること自体の面白さ。

ただ、それよりもっと面白いのは、そうして多くの人に謡われ続けたこの松が、かつてそこに生えていた松の実際の寿命よりもはるかに長い、別の生命力を、この松を愛《め》でる人々の愛情によって得て、その地に生き続けているということだ。

　この松は、芭蕉も記しているように、伐《き》られたりしたこともあるようで、それもどうやら一度や二度ではないらしいが、その度に、歌に謡われた武隈の松を惜しむ人々によって新たに植えられ、育てられ、あるものは枯れ、あるものは思うようには育たなかったりなどしただろうけれども、それでも、何代にもわたって、まるで同じ木がずっとそこにあるかのように、不思議な姿を時代を超えて同じようにとどめているらしい。

　もともとは、たまたま奇妙な形に生え育った松なのだろうが、人に見られ、情緒を汲み取られ、歌に謡われることを重ねるうちに、目出度《めでた》さと長生きの象徴である松らしく、実際の生命よりも長い、永遠の命と形を得たように見える。

　前節の道祖神の祟《たた》りの対極にあるような、そんな人と自然やものごととのありようこそが、美を愛する心を持つ人という存在の豊かさ。人の心は、環境や育ち方次第で狭くも広くもなるけれども、もともと、美しさや、哀しさや、喜びや、あわれや、おかしみを感じる心を持つ人間ならではの風雅《ふうが》や風狂《ふうきょう》。

　人と人、人と自然や出来事とのあいだに生まれる美への心の揺らぎこそが、人の豊かさの、さらには人を育む場である社会の豊かさの源であって、それは人が人として生きて行くうえで、ひいては人の表現にとって、極めて大切なことのように思われる。ましてや、俳諧にとっては。

芭蕉はここで、弟子の挙白の餞別《はなむけ》の句を肴《さかな》に、旅立ってから三カ月も経って、遅桜にさえ間にあわなかったけれども、とうとう有名な二本の松を見たよという、まるで駄洒落のような句を披露しているけれども、そこにあるのは、自分と同じく美を愛でる者である弟子への想い。この句はまるで、遠くはるかな江戸にいる挙白に向けて、芭蕉が微笑みながら風に放った手紙のようだ。

江戸の桜の花も散ってから陸奥《みちのく》へと旅立つ芭蕉に、おそらくは自らの故郷の名物である松を、なんとか見せてあげてほしいと遅桜に願う句を詠む弟子の心。単に奇妙な姿をしているにすぎないその松を愛でて謡う古《いにしえ》の歌人たち。そうして謡われた松を、時を超えて護り愛する人々の心。そんな心を知ってか知らずか、今日も明日も人の眼にその姿を映す、まるで人間のような名前を持つ武隈の松。

音のあそびでもある俳句の向こうに映る、人と人の心の確かさ。

19　あやめ草

名取川を渡って仙台に入った。ちょうど菖蒲《あやめ》の花芽もふくらむ端午の節句、五月五日の菖蒲湯《しょうぶゆ》の日だった。

宿をとり、四、五日逗留《とうりゅう》することにした。近くに加右衛門《かえもん》という画工がいて、いくらか心得のある人物と聞き知り合いになった。どこのどういう人物なのかということもよくわからなかったけれども、こういう者がいたということだけ覚えておいていただければ、などといいながら、あちらこちらを一日中案内してくれた。宮城の野の萩が生い茂り、秋の景色が目に浮かぶようだった。玉田やよこ野、つつじヶ丘といったところには、ちょうどあせびの花が咲いていた。加右衛門は、枝葉がうっそうと生い茂り、木漏《こも》れ日さえないような松の林の中に入って、ここが木の下という場所です、と言う。なるほど、昔からこうして葉の先から露もしたたるほどの湿った松林なので、昔の歌人が、むさぶらひみかさ、お侍さん傘をどうぞと詠んだのだろう。薬師堂や、天神の御社《みやしろ》などを参拝しているうちに、その日は暮れた。別れ際に加右衛門が、松島や塩釜で見るべき場所を描いた画をくれたうえ、紺色の鼻緒《はなお》の付いた草履《ぞうり》を二足、はなむけにといって手渡してくれた。

風流を求めて生きる人物の心根《こころね》を、ここにきて、たしかに見た気持ちがしたことだった。

あやめ草足に結ばん草鞋《わらじ》の緒《お》

長旅に息抜きは必要だろう。いつまでにどこへ、という予定が、はたして芭蕉にあったのかどうか、ちょうど菖蒲湯《しょうぶゆ》の日に、ようやく仙台にまでたどり着いた芭蕉は、宿に逗留して骨休めをしている。記された言葉の印象からは気儘《きまま》な旅のように見えるけれども、ただ実際には、この旅が東北への旅だけに、また、和歌の舞台などをめぐりつつ俳句を究《きわ》める旅であるからには、季節にはかなり気を配ったと思われる。

冒頭で、春先には白河の関を、などと書いてはいるが、しかし、あまり早春に江戸を出たのでは、旅路で桜は見られるかもしれないが、旅のはじめの寒さが心配だっただろうし、夏になってからではまた、冬が近づく旅の終わりのころが不安だろう。どうやら芭蕉は、緑も美しく、気候も穏やかな、このあたりを旅するには最良の季節にねらいを定めているように見える。

また旅の先々で、知り合いや、紹介を受けた人物に会っていることや、一緒に旅をしているはずの曽良の気配が、なんらかのかたちでその存在が必要な場合を除いて、ほとんど消えていることなどを考えると、文面には全体的に、かなり自由な、即興的なニュアンスが漂っているけれども、実際には、かなり周到に構想され計画された旅であり書物なのではないかという感じが強くする。

それはつまり『奥の細道』という書物の意図とも、どこか深いところで重なり合っている。ここまで、この書物をとおして芭蕉の旅に付きあってきて強く感じることは、芭蕉の言葉の無駄のなさであり、それに比《ひ》して豊かな、句やエピソードやテーマの多彩なバリエイションだ。

旅先での出来事を少ない言葉で、いかにも淡々と、あるいはユーモアを交え、そしてときには感情をあらわにしながら、その日その日の出来事を、旅日記のように書き記しているようにみえながら、しかし、句が詠まれる布石《ふせき》としての説明の文のなかで的確に呈示されるテーマと、それに呼応して詠まれる句とのかねあいは、いかにも見事で、そこには個別の句が持ち得る完成度を超えた何かがあり、そこに芭蕉のしなやかな意図を感じる。

つまり、この先どうなるかはわからないにしても、少なくともここまでは、芭蕉は自分が出会った人やことや物、そして自らのイマジネーションを含めた自分をとりまく情景を、必要最小限の言葉で自然なかたちで説明すると同時に、何に対してどう感応したかを、地の文のなかでさりげなく記し、それと俳句と連動させることによって表し得ることを、読む人に示しているようにみえる。というより、そういうことをするために旅をしているようにみえる。

大切なことをいろんな角度から説明するために、そしてそれを自由自在な表現として行うには、たしかに旅は適しているかもしれない。どんなに周到に計画したとしても、旅には偶然がつきものであって、無数に出会う偶然のなかから、どのようなテーマや面白さを見いだすか、どの偶然を、どのような表現のためにどう汲み取って用いるか、芭蕉はそんな真剣勝負を楽しんでいるようにも見える。

もちろん戦《いくさ》の時代の武士のように、そのことに具体的に生死がかかっているわけでは必ずしもないが、目の前の一瞬と、そのつどそのつど、どう立ち会うか。

おそらくそれが俳諧という表現にとっては大切な姿勢であり作法であり、あえていえばそこには、人が生きるということの根本にも通じるものがあると芭蕉が考えているように思える。そして、そのようなシチュエイションに常に自らを置くには、見知らぬ場所への旅は、格好の手段であり舞台でもあるだろう。

ともあれ、いかにも爽やかな季節、花の香り漂う仙台で、たまたまとった宿の近くの、どうやら俳句もたしなみ、芭蕉を尊敬しているとも思われる加右衛門という画工に案内されて、芭蕉はいろんな場所をめぐり、ここでも、宮城野の萩や、つつじヶ丘のあせびなど、謡われた古歌を一人想い浮かべながら、しばしの休息を愉《たの》しむ。

ところが、長い時を重ねて文化を育んできた場所には、それなりの美や気配や人が活きていて、名前など覚えてもらうほどではありませんけれども、こういう人がいたということだけを記憶のどこかにとどめておいて下さいと、控えめなことを言って案内してくれた加右衛門が、これが意外に奥ゆかしくも懐《ふところ》の深い人物。

案内する場所やそこでのさりげない一言が、いかにも芭蕉の想いと呼応して、しかも、これから訪れる松島や塩釜の見るべき場所を描いた画をプレゼントしてくれたばかりか、旅を続ける芭蕉のために、濃い紫の花を咲かせるあやめに合わせた色の緒の、道行きの芭蕉の足を護る草履を、彼の心に添えて二足も手渡す。

宿を発つ芭蕉の草履の紺色の緒に結ばれた菖蒲が、道の奥で出会った風流人の思い出となって鮮やかに彩る。

こうしたことを稀有《けう》な、加右衛門のような人だからこそできたこととするか、それとも、誰もがどこかには少なからず持っているはずの、美や情を求める人の心の自然な表れとするかでは、人と人の社会のありようのとらえかたに、大きな違いが生じる。

心のありようの美しさを含めたさまざまな美しさと触れあい、そしてそれを、ほかの人と分かち合えるようなかたちに謳《うた》ってこそ、俳句。

加右衛門が描いてくれた画をたよりに道を行くと、このあたりで、おくの細道と呼ばれている路から山のほうにかけて、菅笠《すがかさ》などの材料として名高い十符《とふ》の菅《すげ》が生えていた。いまでも毎年、この菅でつくった菰《こも》を、国主に献上しているらしい。

20 壺碑《つぼのいしふみ》

壺碑《つぼのいしふみ》　市川村多賀城に有《あり》

むかしこの辺り一帯を治めた多賀城の名残をとどめる有名な石碑で、歌枕ともなっている壺碑は、この市川村にあって、高さは六尺余、幅が三尺ほど。全体に苔《くいざかい》むしていて、彫られた文字はほとんど読みとれなかったが、その場所から、東西南北の国境までの距離が記されていた。この城は神亀《じんき》元年に、按察使《あぜち》であり、蝦夷を治める鎮守府《ちんじゅふ》の将軍でもあった、大野朝臣東人《おおのあそんあずまびと》が建造したが、天平宝字《てんぴょうほうじ》六年、参議東海の節度使《せつどし》であり将軍でもあった、恵美朝臣《えみのあそん》あさかりが修復したものである。十二月一日。

と書いてあったが、天平宝字六年といえば、聖武《しょうむ》天皇が即位された年にあたる。壺碑は、昔から歌枕として多くの歌に詠み込まれてはきたけれども、長い年月のあいだに、山は崩れ、川はその流れを変え、道も変わって改まり、城の石なども土に埋もれ、木々も老いて朽ちたあと、若木が生えて時が移り、時代も変わって、城がどこにあったのかさえわからなくなってしまっている。しかし、この石碑が遺されていることで、千年もの歳月を超えて、確かにここが多賀城のあったその場所であることがわかる。今まさにこの目で、古《いにしえ》の人の心を、こうして読み取ることが出来、はるばる歩いてここまで旅をして来て良かったと、生きてこの地をみることができた喜びに、旅の苦労もすっかり忘れて、ただただ、泪を零《こぼ》すばかりだった。

どうやらこのあたりには、おくの細道、と名付けられた路があったらしい。芭蕉が自らの作品の題名にしているところをみれば、俳人のそぞろ歩きにふさわしい、風情《ふぜい》と趣《おもむき》に溢れた路だったにちがいない。

古くから、この地にちなんで詠まれた歌も多くあり、芭蕉の気持ちのたかまりも格別。このあたりを見聞し体感してみたいと、芭蕉がかねがね思っていたことがうかがえる。

それにしても人間とは不思議なものだ。一度は土のなかに埋もれてしまっていたものが掘り起こされ、さらに年月を経て苔生《こけむ》した城の名残をとどめる一個の石を前に、泪《なみだ》が止まらないほど感動する一人の人間がここにいる。

彼だけではない。すでに遠い昔から、その石碑のことを詠んだ多くの歌があり、それにまつわる物語がある。そして人には、苦労してそこを訪れ、刻まれてある文字さえもさだかには見えないそんな石を前にして、詠まれた歌や、それらが漂う遥かな時空に想いをはせ、目には見えないものを視て、そこに想いを重ねることを楽しむ豊かな想像力がある。

また、登場する人や物語に心を通わせ、そこにリアルな現実の物や事を超えた確かさを感じ、それらと唱和するかのように、言葉で、あるいは泪《なみだ》で、自らの想いを表すことを喜びとする心《こころ》根《ね》がある。また人には、そうすることを大切と思い、それを誰かに、さらには後世にまで伝え遺《のこ》そうとする意思がある。


絵画であれ詩歌であれ、建築であれ遺跡であれ、かつて生み出されて遺されたもののなかにある知恵や感性を学び伝え、あるいは、自分が何かの拍子に感受し見知った美しさや確かさや価値を感受し、それを新たな美として表すことで、文化が培《つちか》われていくと考えれば、ここでの芭蕉の気持ちの一端《いったん》と触れ合えるような気がする。

つまり芭蕉にとって『奥の細道』という作品は、遠い古《いにしえ》からのさまざまな美を受け継ぐ芭蕉という一人の人間が、それらが生みだされた故郷《ふるさと》と触れあうことで感じたことを、そこに新たな息吹を宿らせて言葉で表し、遥か彼方の時空に伝え届けようとする願いそのものであるように見える。

これまで俳句を記《しる》してきた、地の文とは独立させた表現を行う場所に、ここではあえて、壺《つぼの》碑《いしぶみ》は市川村多賀城にある、という簡潔な説明のような一文を載せ置いたこともまた、芭蕉の意図的な、そして実に率直な、ひとつの表現に見える。

芭蕉が観たいもの、詠み遺そうとしているものはどうやら、単に美しい風景や、折々の気分などではない。

21　末の松山

そこから、新古今集や千載《せんざい》和歌集にも謡われた、野田の玉川、沖の石を訪ねた。万葉の昔から、男女の契りを表す歌によく詠み込まれる末の松山には、寺ができていて、末松山という名で呼ばれていた。ただ、そうして歌の中で想い想われなどした人々も、今では誰もが墓の中。かの白楽天《はくらくてん》の長恨歌《ちょうごんか》にも、天にあっては翼をあわせて飛ぶ鳥となり、地にあっては、連なり重なりあう枝となって、と歌われてはいるけれど、行き着く先は結局、と思えば哀しさが募《つの》ってきた。ちょうどその時、塩釜の浦の、夕暮れ時を告げる入相《いりあひ》の鐘の音が聞こえた。五月雨《さみだれ》の空も少しは晴れ、夕月が朧《おぼろ》げに姿を現すなか、籬《まがき》が島も近くに見える。海女をのせた小舟が連れ立って帰ってくる様子も見え、採れたものをわけあう声も聞こえる。古の歌人が、つなでかなしも、と詠んだ気持ちが分かるような気がして、哀れがひとしお募《つの》った。

その夜、目盲《めくら》法師が琵琶を弾いて、奥浄瑠璃《おくじょうるり》と呼ばれている浄瑠璃を語り謡う声が聞こえたが、平家物語のような弾きかたでも、舞《まい》のための弾きかたでもなく、鄙《ひな》びた調子ながら、琵琶をかきならしてさかんに弾き謡うのが枕元まで聞こえ、すこしうるさくは感じたけれど、しかしこのような辺鄙《へんぴ》な地にあっても、よくぞ自分たちの土地に遺《のこ》された芸能を、忘れ去られることのないよう、こうして伝えたしなんでいることだと、けなげに思ったのだった。

雨上がりの夕暮れの、霞さえ漂う入り江の上に月が浮かび、鐘の音までもが聴こえてくるなか、ここでは芭蕉は少しセンチメンタルな気分に浸っているように見える。

それを目的として訪れているとはいえ、どこに行っても、何を見ても芭蕉の心に、古の歌人たちの歌が浮かぶ。芭蕉ほどの人物であれば、知っている歌も歌人も多く、芭蕉は遺跡や景色の向こうに、歌に詠み込まれた情景や抒情を、枕詞《まくらことば》のふるさとを常に見ていて、どちらかといえば、芭蕉はそうした幻想の時空を旅しているように見える。

末の松山を見れば、古くからの、男と女の恋心や、その契《ちぎ》りを歌った詩が次から次に、中国の白居易《はくきょい》の長恨歌《ちょうごんか》までもが思い浮かぶ。愛しい人への想いや誓いを言葉に込めた歌や詩は多い。そうして想いをかたちにすることで、古くから人は、その一瞬の確かさに、永遠の命を与えようとしてきたのかもしれない。

しかし、誓いや証《あかし》のはかなさは、それが現実の世を生きる、人と人との想いの契りである限り、どんなに強い想いも、永久《とこしえ》ではあり得ないことを知ってそれでもなされることだ。時の流れや場所の隔りによって、あるいは何かの拍子に愛が移ろい、壊《こわ》れてしまうことは多い。人は誰しも限りのある命と共に生きるが、そんな男と女の契《ちぎ》りのシンボルであり、枕詞ともなった末の松山のあたりには、いつしか寺ができ、そこには多くの墓がある。この松のもとで眠ることを願った人たちもいるのだろう。芭蕉が抱いた哀しさは、誰もがいずれは果てるなかでなされる、人の契りの切なさでもあるのかもしれない。

ちょうどそのとき鐘が鳴り、夕ぐれ時の入り江に、海女《あま》たちをのせた舟が帰ってくる。海に潜って貝などをとる海女をのせる小舟を漕ぐのは、多くの場合、海女のつれあいだったりするが、ここではどうやら海女の舟を、何艘《なんそう》か一緒に、曳《ひき》舟に綱でつないで港に連れて帰るらしい。海女たちが、夕闇も迫る小舟の中を静かに綱で曳かれていく。芭蕉の耳には、浜に戻った海女たちが、採れたものを皆でわけあう声も聞こえる。

寄る辺のない海と陸とを、あるいは海女とつれあいとをつなぐ命綱のような、あるいは絆のような引き綱の哀しさは、そうして細々と、しかし確かにつながりあって日々を生きる、人々の営みのけなげさ、はかなさ、あるいはわびしさでもあるだろう。

そんな日の夜、床に入った芭蕉の耳に、盲目の法師の弾く琵琶の音が聴こえる。家々や宿を流してあるく、一種の門付《かどづけ》のようなものなのかもしれないが、それはおそらく芭蕉が江戸で見聞きした琵琶とも歌ともちがう、この地方独特の鄙《ひな》びた音色《ねいろ》であり、声色《こわいろ》だったのだろう。

奥浄瑠璃《おくじょうるり》という呼称《よびな》まであるところをみれば、この地方では、いつのころからか、そうした独特の芸風を持った芸能が創り出され、広まり伝えられ、弾き慣《な》らわされてきたのだろう。少しはうるさく感じた音も、やがて闇の中に消えてしまえば、あとに残るのはしじま。

男女の契《ちぎ》りであれ、日々の命をつなぐ営みであれ、伝承の琵琶の音であれ、人と人の社会には、さまざまな繋《つな》がりがあり、そんな儚《はかな》くも確かでしなやかな繋がりを、得難《えがた》く大切なものと感じ、そんな想いを時空を超えて守り生かそうとする人の姿は、どこか哀《かな》しく、そして美しい。

こうした繋がりを確かな何かとして見ること。目に映る景色と自分との間に生まれる一瞬の関係の向こうに、人と人の命や心にまつわる命題《テーマ》を見つめることもまた、俳句の表現にとっては大切であって、それもまた、芭蕉が自らに課したことのひとつなのだろうと、ここで、句を詠みはしないけれど、しかし静かな情景の向こうに、明瞭にテーマを浮かび上がらせている芭蕉を見て、そう思う。

沈黙もまた、心模様の、一つの表《あらわ》れ。

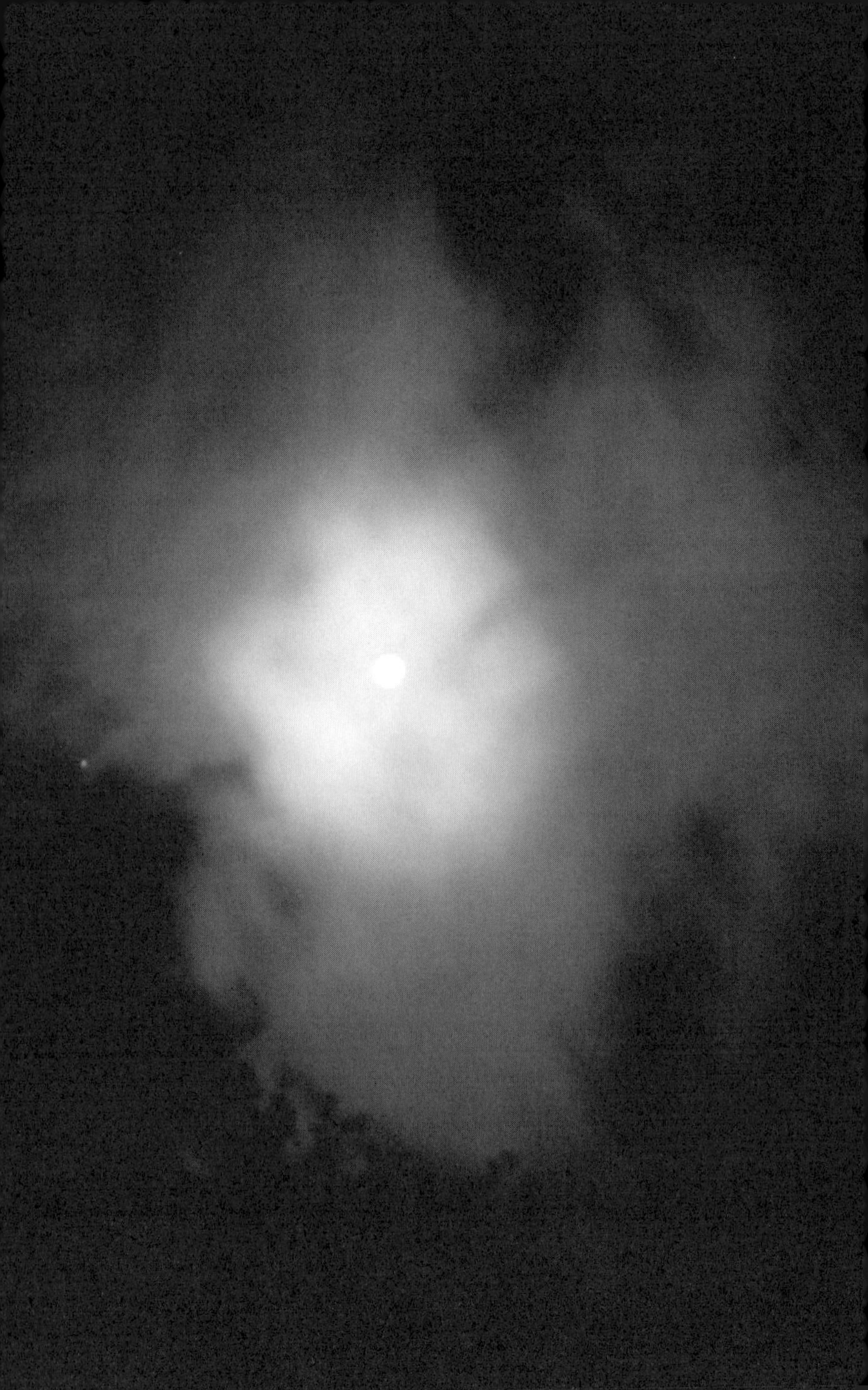

22　塩竈明神

早朝に塩竈《しおがま》明神にお参りをした、仙台藩の藩祖であり、陸奥一帯の国主だった伊達政宗《だてまさむね》が再建してからそれほど長くは経《た》っていない神社は、名のある神社に相応しく、太い柱は、古の時代から、宮柱《みやばしら》と呼ばれて、目出度《めでた》くも立派な社《やしろ》を讃える言葉として用いられてきた。椽《たるき》にもきらびやかな彩色がほどこされ、本殿に至る石造りの階段がどこまでも長く連なり、朱色に塗られた神社の垣根が朝日に輝いていた。

このような道の奥の、辺鄙な田舎にまで荘厳な神社があり、こうして神の霊験《れいげん》もあらたかに満ち渡る気配があるというのは、わが国の文化的風土の顕《あらわ》れとはいえ、実に貴《とうと》いことだと思う。

神前《しんぜん》には古い時代からの灯籠《とうろう》があり、その金属製の扉には、文治三年和泉三郎《いずみのさぶろう》寄進、と彫込まれてあった。文治三年といえば、いまから五百年も前のことだが、和泉三郎忠衡《ただひら》は、藤原秀衡の三男であり、父の遺言に叛《そむ》いて義経を討った兄にくみせず義経を護ろうとした人物だ。そんな遥か昔の人物の面影《おもかげ》が目の前に浮かぶような想いがして、なんだか不思議な気持ちになった。

和泉三郎は、勇義忠孝《ゆうぎちゅうこう》の侍として今でも名高く、その名を聞けば、できればあのようにありたいものだと、慕《した》い敬《うやま》う気持ちを抱かないものはいない。人というものは、ものごとの道理、人の道をよくわきまえ、義を守れば、自ずと有名になって名を残すものだと言われているけれども、本当に、そのようなことの見本のような人物だと思った。

そんなことを考えたりなどしているうち、いつのまにやら正午近くになり、船をかりて松島に渡ることにした。二里ほど船で行って、多くの古歌に謡われた雄島の磯に着いた。

芭蕉が言うように、たしかに日本には、どんな田舎にも、いたるところに神社やお寺がある。しかも、由緒正しいこの塩竈神社ほどではなくとも、都に決してひけを取らない歴史や規模や構えをもつ立派な寺社は地方にも多い。また、小さなお稲荷《いなり》さんや、お地蔵さんなども含めれば、日本には、どこにでも神や仏との接点があり、それらが日々の暮らしの中に、ごく自然な風景として溶け込み、馴染《なじ》まれ、大切にもされている。

それらの多くは、基本的には神さまや仏さまや尊ぶべき人などを奉《まつ》るものであり、神社やお寺はそれぞれ、天照大神《あまてらすおおみかみ》や仏陀《ぶっだ》や菩薩《ぼさつ》や空海や菅原道真や東照大権現やおキツネさまや諸々の御神体を奉っていて、それらにはそれなりの縁起や意図や背景がある。

同時に、日本の精神風土には、八百万《やおよろず》の神という言葉が示すように、人々の心の深いところに、森羅万象《しんらばんしょう》のすべてに神が宿っているという感覚がある。

寺社などを尊ぶ気持ちの背景には、特定の神や人物というより、日々の暮らしの糧《かて》や命をもたらしてくれる自然や、祖先や、人として身につけるべき知恵や品性《ひんせい》こそ敬い慕うに値するものであり、それらに対する畏《おそ》れの気持ちを忘れてはならないとする価値観がある。

そこには、キリスト教やユダヤ教やイスラム教のような、いわゆる一神教の宗教の、絶対的な存在としての神を崇《あが》め、神の館《やかた》である教会で、神と自分との関係を誓い、あるいはイエスの象徴である十字架を身につけて宗教心の証とするような精神風土とは、すこし違う何かがある。

もちろん、信仰という言葉に象徴されるような気持ちは、どんな宗教にも共通の、さらには宗教の枠を超えて、人が心に抱く共通の何かに支えられてはいるだろうけれども、しかし、日本的な風土における信心のありようには、良くも悪くも、しなやかな曖昧性《あいまいせい》とでもいうべき、独特の自在性があり、それが、神仏や尊い何かと触れ合う場所がいたるところにある風景を織りなしているようにも思われる。

ただそれは、いつからどのようにして？　と考える時、芭蕉の旅が、そんな問いとも、どこかでつながりあっているように思えてならない。

ともあれ芭蕉は、人の心と深く関わりあうものとしてある寺社を訪ね、遺跡を巡って故事に触れ、遠く遥かな人を偲《しの》び、人と人、人と自然や歴史とが織りなす物語の時空をさすらう。

将軍の命令に逆らってまで、義経への義を守り通した秀衡や和泉三郎のように、自らが信じる路をどこまでも歩めば、もしかしたら自らもまたと、はたして芭蕉が想ったかどうかはわからない。

ただ芭蕉は、この世を去ってから三百年余が過ぎた今でも慕われ、俳聖とまで呼ばれて、芭蕉が歩んだ足跡のある場所には、いたるところに、彼が詠んだ句などが石碑となって遺されている。

まるで芭蕉が神さまか仏さまになってしまったかのようだが、草鞋《わらじ》を履いて、自分の足で、苦労したり感動したりしながら旅をして、それを書き記している生身の芭蕉は、自分がそんな存在になるとは、ましてや、日本はおろか世界中の人から親しまれるようになるとは夢にも思わずに旅を続け、触れあいたいもう一つの場所、念願の松島に向かう。

人が何かを大切と想う心を持つ不思議。人の心が美しいことにふるえる不思議。そんな心と心とが何かの拍子に触れあい揺れあう不思議、遠く遥かな時を生きた人の心さえ身近に感じられる不思議。それらが何かに託されて伝わる不思議。

そんなすべてを、目には見えないものさえも、確かな何かとして言葉に表し、それを理解できる、人という存在の不思議。人が感じる一瞬の中の無限。無限の中の一瞬。

人と自然が織り成す諸々の不思議さと確かさの中を、心の揺らぎの瞬間を感じとろうとして彷徨《さまよ》い歩く芭蕉。

そんな芭蕉の詠んだ句が、それと触れ合う者の心の揺らぎを呼んで今に伝わる。そんな、どこにでもあるような、それでいて、求めなければ触れあえない、不思議な確かさを求める心が文化をつくる。それこそが、人が人として生きた証、人として生きる糧《かて》。おそらくはそれこそが、芭蕉の心を映す詩《うた》。

23　松島

言い古されて、いまさら言うことでもないけれども、松島は扶桑《ふそう》とも呼ばれてきた我が国の、第一の好風《こうふう》豊かな名勝《めいしょう》であって、有名な中国の洞庭湖《どうていこ》や西湖《さいこ》にも劣るものではない。東南から海が入り江に入りこみ、その長さは三里ほどもあって、まるで中国の浙江省《せっこうしょう》の銭塘江《せんとうこう》のように潮を美しく湛えている。

数えきれないほど多くの島があり、あるものはとがって天を指さし、あるものは海面に平たく這いつくばり、また二重にも、三重にも重なって見える島々もある。左の方に分かれて海に張り出している島もあれば、右の方に別の島に連なるような島もあり、何かを背負ったような形の島もある。何かを抱いたような形をした島は、まるで我が子を抱き慈《いつく》しんでいるかのようだ。松の緑も深いうえに繊細で、枝葉は汐風《しおかぜ》で自然とたわみ曲がりくねっているけれども、そのような姿にあえてしたかのようにも見える。そうして海に浮かぶようすは、どこまでも深く淡い気色《けしき》を湛えて、まるで美しい女性の顔立ちのよう。

神代《かみよ》の昔、この国を創った神の為せる技なのだろうかと思ったりもするが、いずれにせよ、どんなに造形に長けた匠《たくみ》であろうと、どんな人が言葉をつくしても、筆をふるっても、この名勝を表現することはできないだろう。

雄島は、磯が地続きで陸とつながりながらも、海に突き出た島で、雲居禅師《うんこぜんじ》の別室の跡があり、座禅石なども遺されている。よくみると、どうやら世間を厭《いと》んでここに住む人もいるらしく、稲の穂や松笠などで葺《ふ》いた粗末な草庵が、松の木陰にかいま見える。そうしてひっそりと暮らしているようで、どんな人かもわからないけれども、なんだか懐かしい気持ちがして立ち寄ってみたりした。

夕暮れになると月が海に映り、昼の眺めとはまたちがった趣がある。岸に戻って宿をとったが、二階建ての宿の部屋の窓を開けて寝ころぶと、まるで、風雲のなかに横たわっているようで、実に不思議な、絶妙な心地がした。

松島や鶴に身をかれほととぎす　曽良

曽良はこのような句を詠んだが、私は口を閉じて眠ろうとしたけれども眠れず、江戸の庵を出る時、素堂《そどう》が松島の詩を、原安適《はらあんてき》が松ケ浦島の和歌をプレゼントしてくれたことを思い出し、袋を開けてとり出して今夜一夜の友にすることにした。なかには、杉風《さんぷう》、濁子《じょくし》らの句もあった。

芭蕉が、名高い名勝の地の松島で、何を考えたのだろうかと想いをめぐらすのは面白い。もちろん、その風景に、それなりの感動を覚えはしただろう。松島のことを言葉を連ねてさかんに讃えてもいる。

しかし、ここでの芭蕉の言葉には、どことなく、これまでとはちがったお行儀の良さ、あえて言えば、端的な表現で松島の風景の面白さや様子を描いてはいるけれども、見たこともないおきまりの中国の名勝地と比べるなど、これまで、実際に対象と触れあうことを大切にし、時には感情を顕《あら》わにしてきた芭蕉にしては、流暢に美辞麗句を並べてはいても、音無しという漢字でもあてたくなるほどおとなしく、妙な自制を働かせているようにも思え、後半になるまで、自らの心を言葉に映さないようにしているとさえ感じる。どうしてなのか?

いったいどれだけ多くの歌が、松島を対象として詠まれてきたのだろう。言うまでもなく、美しいものには人を感動させる力がある。人一倍感性の豊かな芭蕉もまた、自然が創り出した絶景の妙を前に、しかも、多くの歌に謡われてきた松島を実際に見て、心に揺らぎを覚えなかったわけがない。

しかし、感動することと、それを言葉で表現することとはちがう。もちろん、感動を表現する言葉なら、芭蕉はおそらく誰よりも持っている。そのための技も知識も人に分け与えるほどにある。

手元には、旅立つ時に、弟子たちから手渡された松島にまつわる詩や句もある。そうでなくとも、いくつもの松島にちなんだ歌が、芭蕉の脳裏をかすめたりもしただろう。

弟子の曽良も句を詠んだ。しかし芭蕉は、ここでは、口をつぐんで寝てしまおうとする。寝ようとするなら、普通は目を閉じるところだが、ここでは芭蕉は、あえて、私は口を閉じて眠ろうとしたが、と書いた。なぜなのか？


芭蕉が松島に心を動かされなかったというわけでも、どうやらない。雄島に渡った芭蕉は、おそらくは陽が沈む頃までそこにとどまり、世捨て人のような人の庵に興味を持ったり、海に映る月を見たり、宿の窓を開けて寝そべって、海の上に浮かぶ月の光に彩られた風や雲を眺めながら、不思議な浮遊感を味わったりしてもいる。それでも芭蕉は、俳句を詠まない。

もちろん詠もうとしてはみたのかもしれないが、あるいは詠んだのかもしれないが、結果として、芭蕉はここでは自らの句を書き記してはいない。なぜなのか？

表現には、為すことによって表されることと、あえて為さないことによって自ずと表されるものがある。言葉であっても、絵であってもそれは同じだ。一枚の肖像画や風景画を、自分が目にしているものにできるだけ忠実に描く、あるいは、現実にはない何かを描き加えたりすることも作者の意図ならば、目の前にある風景から何かを消し、あえて描かないことも一つの自覚的な意図にほかならない。何かをすることによって表せる意思もあれば、何かをしないことによって表し得る意思も時にはある。

いくつかのなぜが指し示す場所は、どうやらたった一つしかない。つまり、芭蕉はここでは、句を詠まない方が良い、と思ったということだ。少なくとも、奥の細道には書き遺さない方が良いと判断したということだ。

もちろん詠めないと思ったわけではない。松島の松と鶴とを掛けたお目出度い曽良の句は論外として、単に美しさの妙《たえ》を讃える歌ならば、過去に詠まれてある程度の歌ならば、あるいはそれ以上のものも、芭蕉ならいくつでも詠めただろう。対象は松島であり、相手にとって不足はない。

けれどそれは、はたして芭蕉がこの旅の中でやるべきことなのかどうか。それは芭蕉が目指す俳句にとって、意味のあることなのかどうか。

目の前の景色がたとえどんなに美しくても、それは自然という、人知を超えたものが創り出した美しさであって、自然の創造力の素晴らしさは、波であれ、雲であれ、月であれ、鳥であれ、さらには路傍の一輪の花であれ石であれ、ある意味では当たり前であり、よくみれば、どれも美しい。

もちろん、景色の美しさを巧く詠んだり描いたりする人はいるだろう。その表現の巧みさを見せることも、一つのあり方ではあるだろう。ただそれは芭蕉が、とりわけこの旅のなかで、はたして為すべきことなのかどうか。

もしかしたら、自分が見つめようとしているものは、自然やその美しさに育まれて生きる人間という、儚《はかな》くもしたたかな存在と自然との関係のありよう。そうした人と人とが織りなす心模様。あるいは、その積み重ねのなかで創られ伝えられていくこととの対話なのではないのか。すくなくとも俳句は、そうしたものと一瞬のうちにつながるために開けられる、小さな窓であり、確かさを秘めた幻影との触れ合いに導いてくれる、音連《おとづ》れとでもいうべき何かなのではないか。

そんなふうに芭蕉が思ったかどうかはわからない。けれども、さかのぼって、これまで芭蕉が詠んだ句をあらためて見てみれば、美しい自然をただ讃えるような句を、『奥の細道』のなかで、これまで芭蕉は一句も書き記していない。

強いていえば、日光での、あらたうと青葉若葉の日の光、の句がそれにあたるかもしれないが、しかしこれは、江戸という時代に、東照宮のある場所で詠まれているという、現実的な事情のようなものが背景にある。

旅の冒頭の部分で、松島の月のことなどが、ほかのなによりも気にかかると書き記した芭蕉、はるばる歩き続けてようやく松島を目にした芭蕉の、ここにきての寡黙《かもく》さに、私はむしろ、芭蕉の覚悟のようなものを感じる。

目の前にあるのが、多くの歌に謡い込まれた日本随一の絶景だからこその芭蕉の沈黙。

もちろん、句を読むのが仕事である俳諧師であってみれば、思わず口を突いて出た句の一つや二つはあったかもしれない。しかし重要なのは、たとえそうであったとしても、芭蕉がそれを本文に書き記さず、あえて、私は口を閉じたと表現したことだ。

つまり、逡巡《しゅんじゅん》しながらも芭蕉は、俳諧師としての自らのスタンスと役割を、ここであらためて見直し、覚悟し、句を詠まないことで、それを表しているように私には見える。芭蕉は、はるか遠くを見据《みす》えている。

ちなみに、素堂《そどう》も原安適《あんてき》も濁子《じょくし》も杉風《さんぷう》も、俳諧の宗匠である芭蕉を支えた最も重要な江戸の仲間たちであり、杉風などは、最も早くからの弟子で、しかも芭蕉が江戸に出てくるにあたっては、身元後見人のような役割をし、精神的にも経済的にも、生涯にわたって芭蕉を支え続けた人物である。ここであえて句を詠まなかった芭蕉の脳裏には、松島で芭蕉がどんな句を詠んだかを知ることを、心待ちにしているにちがいない彼らの顔が、浮かんでは消え、浮かんでは消えたことだろう。

24　松島から平泉へ

十一日、瑞巌寺《ずいがんじ》に参詣《さんけい》した。この寺は、今から三十二代もさかのぼった昔に、真壁《まかべ》の平四郎という人が出家して唐に行き、帰国した後に寺を開いたとのこと。そのあと、徳の高い雲居禅師《うんこぜんじ》の働きによって、この寺を成す七つのお堂も建て替えられて、金色の壁が厳《おごそ》かに光を返して輝く、仏の住むところはこのようなところかと思うような、大きな寺となったのだということだった。

十二日、平泉を目指した。途中、歌枕ともなっている、あねはの松や、緒《お》だえの橋、というような場所のことを人から聞いていたので、寄って行こうとしたけれども、いざ歩き始めてみれば、誰も通らないような、せいぜい樵《きこり》や猟師が稀に行き交う程度の、どこが路かもわからないような路で、終いには、とうとう道を違えて、結局、石巻《いしのまき》という港に出てしまった。

しかし石巻といえば、万葉集のなかで、大伴家持《おおとものやかもち》が天皇への献上歌として、こがね花咲く、と歌に詠み込んだ金華山《きんかざん》があり、そこから海を見渡せば、数百もの廻船《かいせん》が密集して入り江に浮かんでいる。港の周りには人家がひしめき合い、あちらこちらから竈《かまど》の煙がしきりに立ちのぼっていた。思いもよらないことに、こんなところによくたどり着いたものだと思い、宿を借りようとしたが、宿を貸してくれるような人などおらず、探しに探してようやく、小さな貧相な家を見つけて一夜をあかし、明くる朝、また見知らぬ道をさまよい歩いた。

やはり歌枕となっている、袖《そで》のわたり、尾ぶちの牧、まの萱《かや》はら、などを横目に見ながら、堤の上の道を延々と行き、人気もなく、なにやら寂しげな細長い沼に沿って戸伊摩《といま》というところまで行き、そこで一泊した後、平泉にたどり着いた。その間、二十里ほどだったかと思う。

藤原家三代の栄耀《えいよう》も一睡のうちの出来事であって、今はなき大門の跡は、中心から一里ほども手前にあって、秀衡の館のあったはずの場所も、すでに野原や田んぼになり、面影を残すものはもはや金鶏山《きんけいざん》だけだった。義経のために秀衡が建てたという館、高館《たかだち》の砦《とりで》があった高台に上って見れば、北上川が、この地方一帯を南北に流れる大河であることがよくわかる。

衣川は、和泉三郎の館である和泉城をとりまくようにして流れ、高館の下のあたりで北上川に流れ込む。秀衡たちの屋敷があったあたりは、衣が関の向こう側にあり、それによって南からの進入路を塞ぎ、蝦夷への護りとする意図があったことが見て取れる。それにしても、義臣が揃ってこの城に籠《こも》り、あるいは功名《こうみょう》を競い合っての働きがあった場所も、その時かぎりの、一瞬のこととして、今はすでに草が生い茂る叢《くさむら》となってしまっていた。

国破れて山河あり、城春にして草青みたり、という杜甫《とほ》の詩も思い出され、編み笠を取り、その場に坐り込んだまま涙を落とし、いつのまにか時が過ぎるままに涙した。

夏草や兵《つはもの》どもが夢の跡

卯の花に兼房《かねふさ》みゆる白毛かな　　曽良

平泉では、以前から話を聞くだけでも驚嘆せずにはいられなかった、藤原三代をまつる光堂《ひかりどう》と経堂《きょうどう》が開帳していた。経堂には清衡、基衡、秀衡の、藤原家三将の像が遺され、光堂にはその棺を納めて、三尊の仏を安置している。七宝《しちほう》はすでに失われ、どんなに美しかっただろうと想われる屏風《びょうぶ》なども風に破れ、黄金の柱も霜雪《そうせつ》に朽《く》ちて、もしそのままであったならば、とっくのむかしに廃屋《はいおく》となって朽ち果て、すでに叢となってしまうところだったが、四方を新たに壁で囲み、瓦で葺いた甍《いらか》の屋根で覆《おお》って風雨から護っているので、永久の時の流れから見れば、ほんの少しの間かもしれないけれども、それでも、千年やそこらは、このお堂も、古き物語を偲ぶ記念として、遺されていくのだろうと思った。

五月雨《さみだれ》の降りのこしてや光堂《ひかりどう》

芭蕉は、義経と彼にまつわる物語に、よほどの思い入れと愛着があるのだろう。義経と関係の深い場所や人物の縁《えにし》に触れると、いつでもいたく涙を流す。

ましてや高館《たかだち》は、義経最期の舞台であり、藤原家との関係が幾重にも折り重なって交叉する、物語性の密度がきわめて濃い場所であって、芭蕉のテンションが高まるのも無理はない。

途中、松島から平泉への路を、なんだか妙にモタモタしながら、それでもひたすら枕詞の地をかすめつつ平泉を目指すようすも面白いが、平泉に着いた途端、芭蕉はいきなり、目が覚めたように芭蕉に戻る。

芭蕉の場合、目が覚めるというのはすなわち、彼自身の夢想の中に一瞬にして深く入り込むことを意味するけれども、小高い山の上で、大河が流れる遥かな地平を見渡し、まるで合戦を間近にした軍師のように地形を読みながら、一気に時空を超える。

松島では抑えにおさえていた芭蕉はここで、自らの想いを凝縮させた、代表作ともいえる句を、立て続けに二句も詠む。

たしかに、はてしない時の流れから見れば、人の一生も藤原三代の栄華も波乱万丈の義経の物語も、一夜のはかない夢であり、一瞬の幻のようではあるだろう。しかし場面であれ物語であれ、この句のように、いったん人がそれを通して夢見ることのできるかたちを得た幻はいつでも、それを見ようとするものの瞼《まぶた》に、ひとつの確かさを伴って蘇《よみが》える。

野の草の向こうにさえ、兵《つわもの》たちの姿を見ることが出来るのは、ほかでもない、人が心のうちに持つ、イマジネーションという力によるものだけれども、その不思議さは、しばしば現実よりもはるかにリアルな既視感《きしかん》さえもたらすことだ。

とりわけ俳句は、ここで芭蕉が実証して見せたように、無数の物語やその重なりを、余計なものの一切を捨象したエッセンスとして、短い言葉の中に鮮やかに映す表現であり、そこにこそ芭蕉の句がある。

そんな一ひらの落ち葉のような句から、あるいはふっと咲いた一輪の花のような言葉の向こうに、不思議なことに人は、無限の想いを漂わせることができる。あるいは新たな物語を想起し得る。

そのとき、永遠と一瞬、過去と現在、此処《ここ》と無辺《むへん》、作為と自然、個々と普遍は溶け合って境を無くす。

表現という行為とその結果としての作品の存在理由や喜びもそこにあり、そこでは野の草さえもが主役になり得る。あるいは豊かに心を映し得る。

そうしたことに意味がなくはないことを、というより、それこそが、人が人である証だと、誰もがどこかで、心に染みて知っているからこそ、物語は生まれ、伝えられ、歌は詠まれていくのだろう。さらには金色に輝く光堂も造られ、それが朽ち果てるのを見過ごしかねて、目には見えない心や物語への縁《えにし》を護ろうとして、お堂を覆う鞘堂《さやどう》を造ったりもするのだろう。

大切なのは、そのように想う人の心であり、そうする人々の働きであり、あるいは芭蕉のように、光堂と呼ばれる金色堂が朽ち果てるのを惜しんで、雨さえもがそこだけ降りのこしたのだろうかと見る、心のありようであって、言うまでもなく、お堂に貼られた金箔などではない。そこにこそ、これからの時代を考える時に、見つめなければならない価値観《ヴィジョン》と、そこから広がり得る豊かさの地平があり、芭蕉の句には、その遥か先を見つめるかのような新しさがある。

そして、お師匠さんが言い表そうとすることを、より具体的に、あえて念押しするかのような句を詠む曽良。

義経記の中の、負けを承知の戦で義経を護るために、白髪を振り乱して勇猛果敢に戦い、義経の最後を見届けてのち散ったという老武士、兼房の幻影を、野に咲く白い卯《う》の花に見るという、律義な曽良の句が可愛く、それを記《しる》した芭蕉の心持ちが優しい。

25　尿前の関

遠く遥かに南部街道が見える路を行き、岩手《いわで》の里に泊った。小黒崎、みづの小島を通り、鳴子温泉から尿前《にょうぜん》の関を抜けて出羽の国に行こうとしたが、こんな人気《ひとけ》のない路を行く旅人などは滅多にいないので、関守《せきもり》に怪しまれ、やっとのことで関所を越えた。大山を上ろうとするあたりで日も暮れてしまったので、たまたま見かけた国境の番人らしき人の家に頼み込んで泊めてもらったが、三日間、天気が荒れて風雨がひどく、仕方なく山の中のこの家に逗留《とうりゅう》することになってしまった。

蚤虱《のみしらみ》馬の尿《しと》する枕もと

主《あるじ》が言うには、ここから大山を越えて出羽の国に行くのであれば、行くべき道も分からないだろうから、道案内を雇って、山を越えた方が良いとのこと。それではと、案内人を頼むと、いかにも屈強な若者が現れ、鞘《さや》の反り返った脇指《わきざし》を腰に差し、樫《かし》の杖を持って、我々の先に立って歩いて行く。どうやら今日こそは、間違いなく危ない目に遭いそうだと、恐るおそる若者の後をついて行った。

たしかに主の言った通り、山は高く樹木の葉もうっそうと茂り、王安石《おうあんせき》の詩ではないけれども、鳥の声ひとつしない。樹木に覆われた道は真っ暗で、まるで夜道を行くかのよう。まるで杜甫《とほ》の詩にある、雲の端から土埃《つちぼこり》が降ってくるかのような惨《みじ》めな気分になりながら、生い茂る篠《しの》の藪《やぶ》を踏み分け踏み分け、水を渡って足を濡らし、岩に躓《つまづ》き、流した汗が肌に冷たく、やっとの思いで、最上《もがみ》の庄にたどり着いた。案内の若者が、この道は、必ず何か物騒なことが起きるので、何ごともなくここまでお連れできたのは幸いでした、と喜びの言葉を残して帰って行ったが、その言葉、あとで思い出してもなお、胸がどきどきするのだった。

今回の旅の一つのハイライトとも言うべき、松島や中尊寺への旅程を無事に終えて、おそらくホッとしたであろう芭蕉は、そこからさらに、奥羽山脈を越えて日本海側に出ようとする。しかしそんな芭蕉を待ち受けていたのは、難儀《なんぎ》の連続。

まずは尿前《にょうぜん》という奇妙な名前の関所での不審尋問《ふしんじんもん》。地元の人や、わけありの商売人ですら、よほどの事情がなければ越えようとはしないであろう道に、わざわざ踏み入ろうとするのだから、怪しまれてもしようがない。

古の歌の故郷を訪ねて歌を詠むためだなどと正直に言ってみたところで、そんな寝言のような酔狂《すいきょう》が通じるはずもなく、何か人目を避けざるを得ないような事情が、あるいはよほど不穏な魂胆《こんたん》があるにちがいないと、関守でなくとも思うだろう。

それでもなんとか関所を通してもらったと思ったら、今度は嵐。山奥の、田舎家の極みとでもいうべき家に身を寄せることができたのはいいけれど、貸してもらえたのはおそらく、当時の民家にありがちな、馬や牛などの家畜小屋が設けられた土間の片隅。

尿前の関という場所の名前の呪がかかった悪夢のような夜に、惨めさも極まり、さすがの芭蕉もやけっぱちになったか、これも句じゃ、といわんばかりの、とんでもない句を詠む。

だからといって、そんな程度のはらいせで、すんなり眠れるはずもない。それでも宿の主《あるじ》が、山を越えるにあたっては案内が必要と、言ってくれたのが不幸中の幸い。もしそのような忠告もないまま大山に分け入ってしまっていたら、芭蕉の旅も、おそらくこれでお終いだっただろう。とはいうものの、やって来た若者が、これまた山賊のような、反《そ》りくり返った刀をこれ見よがしに差した、樫《かし》の棒まで手に持つ男。

いよいよ命運も尽きたか、旅もどうやらここまでだったかと、なかば観念しながらも、恐る恐る真っ暗な山道を行く。それでも王安石《おうあんせき》や杜甫の詩の一節を想い浮かべるあたりは、さすが芭蕉と言うべきか。

ただ、やっと人里に着いたはいいけれど、どうやら通ってきた道は、山賊に襲われて当然の地獄道。若者の屈強な体つきも、大振りの刀も杖も、伊達《だて》ではなかったと思い知るという、オチまでついた芭蕉の話。

それにしても、芭蕉の代表作に数えられる名句を前節で二句も披露した芭蕉の、この変わり身の早さは、一体全体何なのだろう。

前節の句の見事さの余韻に酔う者に、突然ショックを与えるかのようなリアルな句。それを芭蕉の絶妙のバランス感覚と言えなくもないが、それでは収まりきらないほどのギャップがあり、芭蕉はどうやら、そのギャップの大きさを面白がっているとしか思えない。

芭蕉が本当にこのような目にあったのかどうか、というようなことは大した問題ではない。もちろん、芭蕉の辿った道が、難儀な道などではなかったとは思わないが、ただ、『奥の細道』はドキュメンタリーではなく、あくまでもそのようなスタイルをとった芭蕉の俳諧にまつわる作品なのだと、あらためて思う時、そこに芭蕉という表現者の意図が、あるいは創意が浮かび上がる。

まず驚くのは、軽妙でしなやかな、壺を心得た語り口。たとえ苦境に陥ったとしても、そんな自分を斜交《はすかい》から見て、何気なくからかうかのような、等身大のユーモアが漂う、自然体とでもいうしかない言語感覚の自在さ。

さらに見事なのは、その構成。幻想的で感動的な前節のすぐ後に、このようなリアルな句をあえて記すところに、明らかに強い作為が働いている。

これまでも芭蕉は、まるで自らが振る振り子の揺れを楽しむかのように、大きく右に振れたかと思えば、すかさず大きく左に振れて見せたりしてきた。

それは自身の美意識がもたらすバランス感覚であると同時に、むしろ、読む人を意識したフェイントのようなものでもあって、あえて言えば、その振り子の支点の位置に芭蕉はいて、揺れ幅を、どこまで大きくできるかを確かめているようにさえ見え、そのことによって、芭蕉が目指すものが何なのかを自ずと考えさせる仕組にもなっている。

『奥の細道』は、現実に触発された創作であって、起きたことをそのまま書き連ねたものでもなければ、現実と全くかけ離れた架空の物語を描いたのでもない。

たとえどんな目にあったとしても、書きたくないことは書かなければいい。にもかかわらず、あえてこのような惨めな話を面白可笑《おもしろおか》しく記したということは、つまり、前節とこの節との間に生身《なまみ》の自分がいることを、それが自分の場所であることを、芭蕉が明言したということにほかならない。

芭蕉が俳句を、卑俗《ひぞく》的な俳諧の澱《よど》んだ沼のような場所から蓮《はす》の花のように咲かせて、そこからさらに天を仰ぎ見るには、自らを夢中にさせる古の物語や歌や逸話の時空を漂うばかりではなく、そのつどそのつど直面する眼前の、あるいは足元の現実と、常に生身で触れ合いながら言葉を発することが、もしかしたら不可欠なのではないか。そんな芭蕉の覚悟のようなものを語り聴かされているような気がする。

前節での見事な句があるからこそ、この句にショックを感じてしまうけれども、考えてみれば、俳諧というのは、もともとは、下品さを含めた滑稽さを面白がる言葉遊びであって、そのような観点でみれば、このような句があっても不思議でも何でもない。ただ芭蕉は、そういうところから出発しながら、そこから、どこか遠いところに行こうとしている。

芭蕉の目の前には、時には天を翔《かけ》る義経がいて、時には地面を飛び跳《は》ねまわる蚤《のみ》もいる。夢幻を確かなものとして見るのも人ならば、蚤に噛まれれば痒《かゆ》いのも人。

不測の事態が起き得る旅という仕掛けを自らに課し、即興という真剣勝負の場にあえて自分を置いた芭蕉は、どうやらいつも、今という時のなかで、夢見るように、そして目覚めるように、自らの心と体で、自分と俳句とを試し、確かめている。

26　清風

尾花沢で、清風《せいふう》という俳号をもつ知人を訪ねた。むかし兼好法師《けんこうほうし》が、賢い人に金持ちはいないと言ったが、しかし清風は、裕福ではあるけれども、志が卑しくなく、折りにふれて都へ旅して学んだりもしているので、さすがに旅の情《なさ》けのありがたさなどもよく知っていて、何日でもいてくださいと、長旅をいたわってくれたばかりか、さまざまなもてなしをしてくれた。

涼しさを我が宿にしてねまる也

這出《はいいで》よかひやが下のひきの声

まゆはきを俤《おもかげ》にして紅粉《べに》の花

蚕飼《こがい》する人は古代のすがたかな　曾良

清風は、俳諧を嗜《たしな》む山形の豪商《ごうしょう》で、紅粉花《べにばな》問屋でもあった。江戸にもしばしば出向き、芭蕉も書いているように、清風という俳号に相応しい潔癖さと、剛胆《ごうたん》さを兼ね備えた人物でもあったらしく、芭蕉とも肝胆相照《かんたんあいて》らす仲、というより、俳諧師である芭蕉にとっては大切な贔屓筋《ひいきすじ》の弟子とでもいうべき人物だったと思われる。

難所を無事に過ぎたあと、このような人物の館《やかた》に滞在して、すっかり安心し、身も心も寛《くつろ》いだ気分になったとみえ、芭蕉はいかにも大人《おとな》しい句を、珍しく三つも、お礼も兼ねて詠んでいて、しっかり紅粉花《べにばな》を謡い込んだりしているあたりもそつがない。

さまざまなもてなしがどのようなことだったかは、具体的なことは書かれていないのでわからないけれども、芭蕉と曽良を、遠路からの友人として、また尊敬する宗匠としてもてなすにあたっては、教養豊かな豪商ならではの、気づかい無用の、句にもあるような、まるで久しぶりに我が家に帰ってきたかのような、自然な安らぎが用意されていたのだろうし、だからこそ芭蕉も、もてなされた方の礼儀として、素直にお礼の句を詠んだのだろう。もちろん、俳諧の連歌が巻かれたりもしただろう。

ここで詠まれた句は、これまでの『奥の細道』に記されてきた、テーマ性の高い句に比べれば、閑話休題《かんわきゅうだい》とでも言いたげなほどの寛《くつろ》ぎ感があるけれども、それはもてなす側の清風にとっては、何よりも嬉しい気持の表わされ方であっただろう。

一見、ポンポンと立て続けになにも考えずに詠んだような雰囲気の漂う句だが、涼しさといった、いかにも爽やかで気持ちの良い空気感や、ひきがえるに呼びかけるという、いかにも寛いだ感じのする親近感、さらには、その土地ならではの、そして清風の家業でもある紅花《べにばな》を詠み込むなど、絶妙かつ自然な心配りなども感じられ、そうだった、芭蕉は、チャレンジャーであると同時に、俳諧のお師匠さんでもあったのだなと、あらためて想う。

一般に俳句は、和歌の連歌を模《も》して始められた俳諧の連歌の最初の句である発句が、一つの独立した詩の様式となったものとされているが、深く広い教養を必要とする貴族趣味的な連歌に比べて、俳諧の連歌は、もともとは、戦乱の世が鎮まるに従って台頭してきた商人などの庶民が文化的な遊びとして親しむためのもので、言葉遊びの面白さを競うものだった。

そこに、より深い味わいや人間味や普遍性をもたらそうとして、西山宗因《そういん》などが始めた、いわゆる談林派《だんりんは》と呼ばれる俳諧のムーヴメントが起こり、芭蕉も、それをジャンプ台にして、そこから、後に蕉風と呼ばれることになる独自の世界を求めて飛躍した。

どんな文化的なジャンルでもそうだが、新たなムーヴメントというのは、孤高の天才が、世間とは無縁なところで、突如、至高の境地を切り拓くというようなものではない。

文化的な潮流や、それを構成する人々という、社会的な地盤《グラウンド》をしっかりと踏みしめて、そこから高くジャンプした誰かが、より遠くを眺望する視点と、そこから見渡せる地平《フィールド》を提示して見せることから基本的には始まる。

それは芭蕉も同じであって、画家であれ芸人であれ俳諧師であれ、それによって生きて行こうとすれば、彼が為すことに、確かさや面白さや新鮮さを感じ取ってくれる人々、いわば支持《サポー》基盤《ター》の存在が不可欠だ。そうでなければ、ようするに食べて行けない。

確かなだけでは面白味が無く、面白いだけでは飽きられ、新しさだけでは分らないというなかで、彼でなければ為しえない何かを創り、そこに何らかの可能性を感じてくれる人々がいてはじめて、アーティストは新たなフィールドを切り拓くことができる。

特に働かなくても生きて行ける特権階級や武士の出身ではなく、豊かな商家の生まれでも、やや治外法権《ちがいほうけん》的な仏門の出でもなく、大衆を相手とする一人の芸術家として、新たな高みを目指そうとする芭蕉にとって、弟子を含めた仲間や、支えてくれる人々は貴重な存在で、それがあってはじめて、芭蕉は芭蕉になることができる。清風もまた、そんな支持者の一人であったに違いない。

ここで芭蕉が、遠い彼方にある何かや、普遍的な何かに向けてではなく、目の前の存在である生身の清風に向けて句を詠んだことの意味も、自然とのささやかな交歓という芭蕉的なしつらえをほどこして見せた理由もまた、そこにある。

ただ芭蕉は、ほかの俳諧の宗匠のように、連歌の会などで、詠まれた句を批評し、それをより良いものに直す指導をすることによって得る報酬、いわゆる点料《てんりょう》を、いつのころからか、とらなくなったらしく、芭蕉の覚悟のようなものが、表れているようにも想われる。

つまり、点料を取るということ、今日の教師や家元のように、自分の持っている知識や技や作法を教える対価として授業料を取るというのは、何か物を売ってその対価を得る商人と同じだと、芭蕉は思っていたのかもしれない。

士農工商という価値観があったなかで、それでは平和な社会において、常に刀を差す武士に匹敵するような覚悟を心に秘めた生き方、あるいは、出家僧や世捨て人のような、世俗の豊かさから離れた孤高に生きる者のありようとは何なのだろうかと、常に考えていたように思われる芭蕉の、それはある種の矜持《きょうじ》のようなものだったのではないだろうか。

もちろん商人にも、この清風のような人物もいる。しょせん生業《なりわい》に貴賤《きせん》はなく、命に軽重《けいちょう》はないけれども、それでも、武士の中にも商人の中にも、自ずと志の高さや卑しさの度合いの違いはある。

人の心や永遠と響き合う俳諧を、食い扶持《ぶち》以上の何かを得るための仕事と定めた芭蕉であってみれば、できれば、清風や、この旅のなかで出合った、自らが胸に抱く普遍と触れ合って生きているような人を相手に、共に風雅《ふうが》を求めていきたい。

そしてそのことが、もしも自分や彼らの生に潤《うるお》いや豊かさや喜びをもたらすことができたとしたら、それこそが、自分の働きと考えていたように思われる。

そしてその働きは、かつて自分が命を燃やしたような、華やかな芸のようなものではなく、もしかしたら、流れる風が水面を揺らし、揺れる水面が光を返して木の葉が映えるような、何気ない日々の自然の、刻々と移り変わる今や人との触れ合いの中の、ほんのささいな、けれど豊かな、何に換算《かんさん》しようもない美と共にある働き。それによって、あるいは生かされ得るかもしれない自分という一つの命。

紅花でお化粧をするように、人は美を求める生きものだから。人の情に触れ、永遠に思いを馳《は》せ、涼しさを心地よく感じ、あるいは温かくなれば地面の下からはい出てくる蛙のように、人は、心や体に喜びを感じながら生きる命だから。

あるいは人は、生きて行くなかでなぜか、美しい絹の衣を手間をかけてつくり、歌を歌い踊りを踊り、生を喜びで彩ってきたのだから……

もしかしたら旅は、そんな喜びや美との、一期一会の触れ合い。芭蕉が都を離れて奥へと旅するのは、そのような想いと、深く重なりあっているように感じられてならない。

27　立石寺

山形の領地に立石寺《りっしゃくじ》という山寺がある。慈覚大師《じかくだいし》が開いたお寺だが、ひときわ清閑《せいかん》なところで、一見の価値があると人々が勧めてくれたので、尾花沢から引き返して訪れてみることにした。その間、七里ほどだったと思う。

お寺のある山の麓に着いても、まだ日暮れには間が合ったので、その日は宿坊に泊ることにして、荷物を置き、山を登って山上のお堂を見に行くことにした。岩に巌《いわお》を重ねたような山で、長い歳月を経て苔生《こけむ》した岩に、年老いた松や檜が根を張り、岩の上のお堂はどれも扉を閉じて、あたりは物音もなく、ひっそりとしていた。

切り立った岩の、崖の縁を巡り、岩に這いつくばって山を登って仏閣を拝んだ。素晴らしい景色がどこまでも静かに広がり、心が澄み渡っていくような気持ちがした。

閑《しず》かさや岩にしみ入《い》る蝉《せみ》の声

芭蕉は人から勧められたということだが、このような文章と句を読めば、誰でも素晴らしい場所にちがいないと思い、芭蕉から直接勧められたような気分になって、一度は訪れてみたくなる。

芭蕉が本当に、この地に行くまで立石寺のことを全く知らなかったどうかは分からない。いろんな歌や場所や人を、どうやらあらかじめ下調べしてあると見え、随行の曽良もいるわけだし、由緒正しい古いお寺でもあるわけだから、知っていた可能性は高い。

けれども、旅の醍醐味というのは、たとえ予定にはなかったとしても、こうして人に勧められるなどして、たまたま訪れた場所が、想像以上に素晴らしく、まるで自分がそこを発見したかのような新鮮な感動を味わえたりすることにある。

芭蕉が、わざわざ、尾花沢から引き返して、と書いているのは、そこに行くのは予定にはなかった、つまり、そこで何かを追体験するつもりはなかったとあらかじめ断っているのと同じで、古の歌や物語などの予備知識から離れて、その場所を訪れたのだという説明を、芭蕉があえてしていることになる。

『奥の細道』では、これまでほとんど無駄な記述がないことを考えると、もしかしたらこれは、本当にそうだったかもしれないけれども、芭蕉の演出だという感じがしないでもない。どちらにしても、『奥の細道』という書物を素直に読めば、芭蕉が先入観なしにここに行ったのだなと、誰でも思って読み進む。

旅の面白さも、旅物語の面白さもそこにある。時には辛抱しながら道を行き、楽も苦もあるなかで、思いがけず素晴らしい人や場所に出会うことこそ旅の醍醐《だいご》味《み》と想うと同時に、もしここを素通りして立石寺を訪れていなければ、このような素晴らしい、俳句の歴史に芭蕉の名を鮮明に刻印することになる、このような名句も存在しなかったということになる。

それまで知らなかったことや場所や人を新たに知ることこそ、人にとって最も大きな喜びの一つであり、それを通して人は成長し、世界を広げて行く。知的存在としての人にとっての旅の面白さがそこにあり、旅が人を成長させるという理由もそこにある。

ただ、考えてみれば、旅人でなくとも私たちは、芭蕉も旅の冒頭で書いていたように、刻々と移り行く二度と帰らない時を生きる旅人のような存在にほかならない。

普段は、たとえば同じ家で、よく知る人たちの間で、いつもの道を行き来しながら、毎日同じようなことをして生きているためにあまり意識されないけれど、たとえ同じように見えても、実は私たちは日々、常に新たなことと向かい合いながら生きている。

細かな差異に目を留めれば、すべては一回限りの、一期一会のことばかり。そしてアートというものは、微細な差異に目を留めることによって生まれ、その際立《きわだ》ちもまた、微細な差異のなかにある。

そして旅は、そのような事実と、日々のしがらみを離れて自然に向かい合える最良の方法のひとつだ。旅の中で、普段は意識しないような道端の花の美しさに新鮮な感動を覚えたり、見知らぬ人の言葉が妙に新鮮に心に染みたりするのはそのためだ。

芭蕉が、俳句の新たなありようを求めて旅を選ぶ理由がそこにあり、その旅の中で生まれた句を、単独の作品としてではなく、旅の流れの中に記す理由もまたそこにある。

そのことは同時に、再び安住の日常に戻った時に、身の回りの出来事や森羅万象《しんらばんしょう》のすべてに対して、新鮮な感動をもって相対《あいたい》することにもつながる。

ましてや俳句は、少なくとも芭蕉が夢見る俳句はどうやら、つい見逃してしまいかねない、けれど、じっと目を留めれば、美につながりうることを見つめ、そこで感じた感動を、自分以外の人もまた同じような感動を味わえるように、言葉を用いて表すことにほかならない。

不思議なことに人は、そうして誰かによって発せられた言葉から、そこに表現されている場所や人や心を想い、その言葉をとおして、時には、自分が直《じか》に接するよりも、遥かに豊かな何かを感じ取れる想像力や共感力を持っている。

つまり人は、美や感動を求める心根《こころね》を持っていて、それこそが、芭蕉の俳句を成り立たせる基盤《ベイスメント》であり、芸術《アート》の存在理由でもあり、人の心の豊かさや、知ることや、美しいものを見たり聞いたりする喜びを限りなく育む源《みなもと》なのだろうと思う。

人が自分で実際に体験できることには限りがある。けれど人は、誰かが体感し、そこで得て表現したことを、読んだり聞いたりすることによって、誰かが辿り着いた場所に自分も行くことができる。そこから新たに歩き出すこともできる。

そう考える時、それを可能にしてくれる言葉、あるいは絵や音楽や舞いを含めた美を形にする行為である表現や、その成果としてあるアートというものは、なんと素敵なものだろうかと、あらためて想う。


移り行く時のなかで、限られた命と共に生きる私たちは、同時に、言葉や絵によって、知らない場所にも、過去にも未来にも翔《と》んで行ける。遠く離れた友とも、すでにこの世にはいない人とも歴史上の人物とも語り合うことが出来る。

そうして自らの心で想い描き、自らが感動と共に得た確かさや憧れは、しばしば人に、人として生きていることの喜びと、雑多で重い現実を超えて前へと進む力さえもたらす。

その時、たとえば歴史上の人物が、実際にどのような人だったかというようなことは、それほど重要ではない。大切なのは、そうして自らの心のなかに読み取り感じ取った、意味や意思や美しさやそのありようであって、それこそが、その人の心や体の栄養となって、その人の今と明日を支える。あるいは昨日を浄化する。

もともと美や感動や喜びを糧とする者でもある私たちは、そういう心の働きや、人としての原点から離れて、ともすれば近代的な仕組が産み出した目的や役割や関係や理由や労働や対価のなかで、しなければならない無数のことを抱えながら、目先のことに目を奪われ、金の算段などをしながら日々を生きている。

しかし、人にとって大切なこととは何だろうか、目が喜び、耳が安らぎ、心に染みることは何だろうかと考える時、必要なものは、実はそれほど多くはないとも思える。旅の初めで、何もかもが旅路においては煩《わずら》わしいばかり、と書いた芭蕉ほどではなくとも、人生という旅を旅するものとして、そう思う。

それにしても、切り立った岩山の崖の上に、人の手によって創られた山寺のある場所での、閑という字をあてた静けさと蝉《せみ》。しめやかな、染み入るという言葉と岩。普通なら相反《あいはん》しあうような言葉を、自然につなぎ合わせて、名曲が織り成す音と音の間《ま》のような特別な時空感を、たった一句、十七音の中に創り出して見せる芭蕉の、快心の技芸が心地よく響く。

28　最上川

最上川《もがみがわ》の流れに乗って下ろうと思い、大石田というところで天気が良くなるのを待った。その際、土地の人から、この土地にもむかし俳諧の種が蒔《ま》かれ、このような田舎に居る者たちの心を和らげ、やがて月日を経て俳諧が花開いたこともあったのだと慕われ、またいつの日か、この道を歩もうとする者たちが、新しい俳諧と、古い俳諧とのはざまで、どの路を行こうかと迷うような時に、道しるべとなるような人として、あなたのことを語り伝えるよすがとしたいのです、と言われて、これまで書き記してきたことを、一巻の巻物にしたためて残してきた。このことは、こうしてみちのくを旅をするなかでの、風流の極みだと、つくづく想った。

最上川は、みちのくを源とし、山形を上流とする河で、ごてん、はやぶさなどという、流れの急な難所もあり、板敷き山の北の裾野を流れて、やがて酒田の海に流れ込む。舟で河を行けば、山々が左右を覆い、あるいは茂みの中を下る。途中で舟に稲を積んだりもするので、稲舟ともいうらしいが、白糸の滝が、青葉の間を流れ落ちる景色も見え、崖の上に立つ仙人堂が見えるあたりは、水量も多く、流れも急で、舟の上で、危ない、と想ったりもした。

五月雨《さみだれ》をあつめてはやし最上川《もがみがわ》

俳諧の師匠として、やや日常的な、何気ない風情を詠んだ句を清風にプレゼントした後、芭蕉は目の覚めるような見事な句を二句、立て続けに披露する。先の立石寺での句や、この最上川での句での思い切りの良い語感と主題《テーマ》を見ると、尿前の関の手前、そして奥羽山脈の難所を越えたあたりから、芭蕉の『奥の細道』は、文字通り大きな峠を越えたように見える。

つまり芭蕉は、この旅をするにあたって自らに課した何かを、ひとまずは達成したと感じたように見える。

その何かとは具体的には、芭蕉が目指す俳諧というものが何なのか、そのもととしての和歌や風流や風雅とは何であり、どのようなことを背景とするものなのかを感じ知ること。

そして俳諧の発句と和歌とのちがいはなんであり、自らがよしとする句は、どのようなことを対象として、どのようにして成すものなのか、あるいは成し得るのか。というようなことを自らに問い、確かめることではなかったかと思われる。

だから、ある程度それを見極めたなら、そのヴィジョンを胸に秘めて、あとは自らが感じ信じるところにしたがい、時に応じ、場所に応じ、人に応じ、遠い時空とつながりながら、一つひとつ句を詠めば良い。

あたかも水が空から地面へと降り、人の心を潤し、一粒ひとつぶの雨が、やがて大河を成すように、いつの日にか、自らの旅を経て生まれた句とその集まりが、もしかしたら、多くの他者の句と集い合い、ひとつの河の流れを成して、大きく未来に流れる大河とならないとはかぎらない。


ここまで大地を自らの足で歩いてきた芭蕉は、読み方によっては、最上《さいじょう》と読めなくもない最《も》上川《がみがわ》を舟で下ろうとし、それに相応しい日和《ひより》を待つ間に、これまで書き記してきた『奥の細道』を写本にして残す。

それがここに書いてあるように、誰かから頼まれてしたことなのかどうかは分からない。大切なのは、芭蕉が現に、ひとつの節目として、それまで書いてきたことをわざわざ書き写し、田舎ながらも俳諧にぴったりの情景に溢れたこの地を、風流が慈《いつく》しまれ得る土地と想い、一つの記念として、未来に向けて誰かに託すということを、あえてしたということだ。

もし、まだまだ中途半端で未完成だと思っていたのであれば、人に頼まれようとも、わざわざ後世にまで伝わるであろう写本にして遺すはずもない。

よしんば芭蕉が、満足できようとできまいと、途中であろうと何であろうと、すでに生きて書き遺したことこそが自分のありのままの現実の姿であり、所詮《しょせん》人生は、つかの間の泡沫《うたかた》にすぎず、いつ死んでも構わないという覚悟の上で書き記してきたのだから、と思っていたとしてもなお、遠い未来に、俳諧を志す若者が道に迷ったりした時などに、ひとつの道標《みちしるべ》となることのいくつかは、すでに成し得たと思えるからこそ、写本を遺《のこ》したのだろう。

あなたのような人がいたことを語り伝えるよすがとしたいと、村人の言葉としてではあれ、自らの筆で書き記しているあたりに、新たな俳諧の源流《オリジン》としての芭蕉の自負《プライド》を感じる。

ともあれ、芭蕉はここで、確かな手応えのような何かを感じ、それを言い表さずにはいられなかったのだろう。もちろん、ここでそう書き記したところで芭蕉が、遠い未来に実際に道標のような存在となるかどうかは分からない。なにしろ芭蕉は、何百年もの時を隔てて、こうして彼が書き記したことを読んでいる私たちの存在など、知るよしもないのだ。

それでも、もしかしたらそうなることを信じて、あるいはそうなることを確信して何かを創り、それを後世に伝えようとする芭蕉の自負と願い。孤高の表現者にとっての作品には、あるいはそれを創る行為には、常にどこかに、そのようなしなやかな夢のような想いが込められている。

立石寺での句といい、この句といい、自然のなかの一瞬の情景の向こうに、人の想いや想像力と共にどこまでも広がり得る無辺《むへん》の空間や、永遠さえをも描き込む芭蕉の句の特徴に溢れた、ダイナミックでクールな、心を鮮やかに蘇らせるような見事な句だ。五月雨を集めてはやし、というあたりに、芭蕉の万感がこもる。

29　出羽三山

六月三日、羽黒山に登った。図司《ずし》佐吉という人を訪ねて、別当代会覚阿闍梨《べっとうだいえがくあじゃり》にお会いした。南谷《みなみだに》の別院に宿泊させてもらい、もてなしを受けたが、心遣いの細やかな、とても情の深い人だった。

四日、本院で俳諧の連歌の会が催された。

有難《ありがた》や雪をかほらす南谷《みなみだに》

五日、羽黒権現《ごんげん》に参拝した。この寺社を開いたとされる能除大師《のうじょだいし》は、いつ頃の時代の人かはわからないけれども、律令《りつりょう》の始まりとされる延喜式《えんぎしき》のなかに、羽州里山の神社とあり、これは書を写す際に、黒の字を里と書き違えたのではないかと思われ、その頃にはすでに神社が在ったにちがいない。

羽州黒山が略されて羽黒山と呼び慣わされることになったのだと思う。またこのあたりを出羽というのも、この国の貢ぎ物は羽毛である、と風土記に書かれていて、そこからくるものかもしれない。

ともあれ、羽黒山、月山、湯殿山の三山を合わせて出羽三山というとのこと。またこの寺は江戸の東叡山《とうえい》寛永寺に属していて、天台止観の教えが月の光のようにしみわたり、教義をつつがなく速やかに理解するように務める円頓融通《あんどんゆづう》の構えを灯のように掲げるなか、僧坊がいくつも建並び、そこでは修験僧たちが、この霊山、霊地で修業をすることを貴び、また畏《おそ》れる心を持って修行に励んでいるところを見ても、この御山の末長い繁栄は堅く、実に有難いことと思う。

八日、月山に登った。木綿の注連縄《しめなわ》を体に掛け、頭に宝冠《ほうかん》を被って、強力《ごうりき》という者に導かれて、雲につつまれ霞が漂う山の冷気のなかを、氷雪を踏んで登ること八里。このまま登れば、太陽や月が行き来する道の、雲の上の関所に入ってしまうのではないかと心配にもなりながら、息も絶え絶え、身体も凍えて、やっとのことで頂上にたどり着くと、ちょうど、日が沈み月が上ってくるところだった。

笹を敷き、篠《しの》を枕にして、横になって日の出を待ち、陽が上り雲が晴れるのを待って、湯殿《ゆどの》へと下りた。

途中、谷間に鍛冶《かじ》小屋というところがあり、それはこの国の刀鍛冶《かたなかじ》が、霊水を得るためにその場所を選び、汚れを断ち身を清めて剣を打った場所。打たれた剣は、やがては月山と銘が刻まれ、世間で誉めそやされた。この場所を選んだのは、かの史記の記述にある、竜泉の水で剣を鍛《きた》えたという故事にあやかる意味もあったのだろう。

刀鍛冶たちは、むかし中国の春秋時代に呉の刀工が打った刀、干将《かんしょう》や莫耶《ばくや》の故事などにも想いをはせ慕っていたのかもしれない。何につけ、熟練を極めるには、そのことに強いこだわりを持って努《つと》める必要があると、あらためて思ったことだった。

途中、岩に腰かけてしばらく休んでいると、ほころびかけた桜の蕾《つぼみ》をつけた三尺ほどの桜の木の枝を見つけた。降り積む雪の下に埋もれていたために花を咲かせることができなかった桜が、雪に埋もれてもなお、春に遅れたとはいえ、自らの春を忘れることなく、こうして遅桜の花を咲かせる桜の心がいじらしい。

むかしの漢詩に謡われた炎天の梅花のことを想い出し、まるでその香が匂い立つような気がした。行尊僧正《ぎょうそんそうじょう》の歌の哀れなども想い出されて、ひときわ印象深いことだった。ただ、修験者の決まりごととして、この霊山の山中でのことの子細《しさい》は他言してはならないということなので、これ以上書き記すことはやめ、宿坊に帰って、阿闍梨の求めに応じて、三山順礼の句々を短冊《たんざく》に書いた。

涼しさやほの三か月の羽黒山

雲の峰いくつ崩れて月の山

語られぬ湯殿にぬらす袂《たもと》かな

湯殿山銭ふむ道の泪かな　　　曾良

修験《しゅげん》で名高い出羽三山のあたりは、伝統的に信仰が厚く深いが、歴史ある寺社の本院で連句の会が催されているところを見ると、俳諧などのたしなみもさかんだったようで、芭蕉はここでは、どうやら大先生として遇《ぐう》されている。

求めに応じて発句として詠まれた句は、比較的大人しいが、このような霊験《れいげん》あらたかな場所を、こうして訪れることができたという、そのことに対する素直な感謝のようなものが自ずと滲み出ているようにも見える。

羽黒山の句は、まるで写実的な淡い墨絵のようであり、月山の句も、山頂を覆う雲が、沸き起こっては消え沸き起こっては消えるようすを、今日で言えばじっとビデオでも撮るかのようにして見つめている。

芭蕉の文も、霊山に登り、頂上で御来光を仰いだりしたにもかかわらず、そこでの景色に言及することもなく、山伏《やまぶし》たちの掟《おきて》を尊重してか、登る苦しさを揶揄《やゆ》したりするような軽口もたたかず、淡々とした、押さえに押さえた記述が続く。

まるで求道者のような、霊水の湧き出る山の中で刀を鍛えた古《いにしえ》の刀鍛冶のことと、雪に耐えて遅咲きの花を咲かせようとする桜のひと枝のことだけは、やや細かく触れて描写されているが、芭蕉の関心は、どうやら基本的に人と命と自然との交感にある。

つまり、人の日々の営みや、それと不可分のものとして共にある自然とが、ふとした刹那に見せる永遠。あるいはそのようなことを感じることが出来る人の心やその存在の面白さ。哀しみであれ慈《いつく》しみであれ、儚さであれ確かさであれ何であれ、どんな気色《けしき》の、どの瞬間の何に眼差《まなざ》しを留め、それをどう描き表し得るか、ということに、芭蕉の歓心があるように思われる。

刀鍛冶であれ俳諧であれ、道を極めようとすれば、精進《しょうじん》が必要であり、技の鍛練《たんれん》も当然のこととして必要だが、大切なのは、芭蕉が雪に埋もれた桜のひと枝に見たように、美や儚さや健気《けなげ》さなどの、もろもろの情を感じとる心であり、その心を保ち続ける心持ちであって、必ずしも技芸そのものではないと、もしかしたら芭蕉は言いたいのかもしれない。

湯殿の句にあるように、ここではあまり不必要なおしゃべりなどは慎《つつし》もうという、おそらくはこの地の雰囲気に合った約束を、誰もがあたりまえのようにして受け入れる人間の律義《りちぎ》さ。

曽良の句にあるように、金が幅を利かす世知辛《せちがら》い世の中で、この湯殿山の参道では、人々は、心を清める賽銭《さいせん》を道に供えて道を行く。そんな心が、そこやかしこに散りばめられた道の上を、静かに踏みしめて歩く人々。そんな姿に映しだされる心。

静けさもまた、音。

30　象潟

羽黒を立って鶴岡の城下の、長山氏重行《ながやまうじしげゆき》という武士の家に招待された。俳諧の連歌の会が催され、一巻を巻いた。出羽の佐吉も一緒に川舟に乗って酒田の湊《みなと》まで舟で下り、淵庵不玉《あんあんふぎょく》という医者の家に宿泊した。

あつみ山や吹浦かけて夕すずみ

暑き日を海に入れたり最上川

山や川、海や陸に、風光明媚《ふうこうめいび》な場所は沢山あるけれども、今ここにきて、象潟《きさかた》の方に心はせきたてられる。酒田の湊から東北の方角、山を越え、磯を伝って砂を踏んで十里ほど行くと、陽がすこし傾きかけ、汐風《しおかぜ》が砂を巻き上げ、雨が朦朧《もうろう》と降りしきって鳥海山が見えなくなった。

薄暗がりの中、歩くに往生しながらも、雨の景色もまた面白く、雨が上がった後の景色も見てみなければ、などといいながら、浜辺の、茅《かや》を編んでつくった苫《とま》でやねを葺《ふ》いただけの海女《あま》の苫屋《とまや》に入り込んで雨が晴れるのを待った。

明くる日は、朝から陽が華やかに射すほどに天気が良く、象潟に船を浮かべた。まずは能因島《のういん》に舟を寄せ、能因法師が、三年の間幽居した場所で、そのことに思いをはせた。向こう岸に渡って舟から上がると、そこには西行法師が、花のうえこぐ、と詠まれたという桜の老木が、記念に残されていた。

河の上には、御陵《みささぎ》があり、神功后宮《じんぐうこうぐう》のお墓だとのこと。お寺は干満珠寺《かんまんじゅじ》という名だそうだが、ただ、この場所にこれまで天皇が来られたことがないというのは、どういうことなのだろう。お寺の住職の部屋である方丈《ほうじょう》に坐り、簾《すだれ》を巻き上げて外を眺めると、広がる風景が一望のもとに見渡せる。南には鳥海山が天を支え、それが象潟の水面に映り、西にはむやむやの関が道を遮《さえ》ぎっている。東には、堤が築かれてあり、その上の路が、遥か秋田にまで続いている。海は潟の北の方にあって、波が打ち寄せ潟に入り込むあたりは汐《しお》こしと呼ばれている。潟《かた》の大きさは縦横ともに一里ほどで、その風情は、松島に似ているようでも異るようでもあるが、強いて言えば、松島は笑うようで、象潟はうらむかのようだ。さびしさにかなしさを足したような、この地のありようそれ自体が、人を悩ませる魂を宿しているかのようだ。

象潟や雨に西施《せいし》がねぶの花

汐越《ゆうごし》や鶴はぎぬれて海涼し

祭礼があり、そこで詠まれた曽良たちの句。

象潟や料理何喰う神祭　　曾良

蜑《あま》の家や戸板を敷きて夕涼み　みのの国の商人　低耳《ていじ》

岩の上に鶚《みさご》の巣をあるのを見て曽良が詠んだ句。

波こえぬ契《ちぎ》りありてやみさごの巣　　曾良

奥羽山脈を越え出羽の国に入ってからは、江戸の俳諧の宗匠である芭蕉は、なにやら、あちらこちらの俳諧の連歌の会に招かれて忙しい。

このような都を遠く離れた地にまで、俳諧が広く行き渡っていたことがうかがえるが、このあたりは江戸時代には、日本海交通を支えた北前船の寄港地として栄え、非常に豊かな地域だった。

武士の長山氏や医者の淵庵不玉は、俳諧に通じたこの地の有力者であり、江戸で俳諧の世界に新鮮な風を巻き起こしている芭蕉を敬愛する人々だった。これまでもいろいろな立場の人が、俳諧を介して芭蕉と交わっており、俳諧は当時すでに、身分の垣根を越えて親しまれていたことがわかる。

もちろん、芭蕉が俳諧の世界にどんな新風を吹き込んだかは、彼らにはよく知られていたと思われるが、そんな師匠に俳諧の連歌の席に座してもらい、師匠の発句によって始める連句は、どんなに嬉しくも有り難かったことだろう。

今で言えば有名なミュージシャンが少人数のファンだけを相手に、目の前で即興演奏を披露してくれるようなものであり、基本的に即興が神髄の俳諧であってみれば、そこで詠まれた句はどれも、日本中の誰よりも先に、彼らが初めて聴く句であって、その新鮮で贅沢《ぜいたく》な、千載一遇《せんざいいちぐう》の体験に、その場の誰もが、全身で芭蕉を感じ、耳をそばだたせたことだろう。

芭蕉もまたここでは、新風の師匠ならではのダイナミックな句を披露していて、場にいた者たちは、これぞ芭蕉、さすが芭蕉と、小躍《こおど》りしたくなるような気分だったに違いない。

悪く言えば、単なる言葉遊びに過ぎなかった俳諧の連歌に、談林派は抒情性を持ち込んで一世を風靡したが、そこにさらに井原西鶴あたりが、当時の庶民の暮しや人情を導入した。

そして芭蕉はといえば、もともとは和歌から出発したその原点ともいうべき、人と自然との交歓を、俳句の形で、物語や意味としてというより、感動そのものを一瞬の印象の内に、斬新な切り口で、まるで一筆描きの絵のように描き切って見せることで、聴く者の想像力を喚起し、一気に開放するような新鮮な感覚をもたらした。

ここで詠まれた句は、たとえば、温海山《あつみ》から吹浦にかけての広大な眺望を見ながらの実に贅沢な夕涼みの様子を描いて気宇壮大《きうそうだい》だし、海に流れ込む最上川が、暑い夏の一日の暑さを、まるごと海に投げ入れて冷ましているような句の、晴れ晴れとするような新鮮さも見事。

つまり、芭蕉の芸風が躍如《やくじょ》としていて、同好の士を相手の連句の発句に相応しい句を、期待に応《こた》えて詠むあたりが、芭蕉の芭蕉たる由縁《ゆえん》なのだろう。

思い起こせば、これまでの芭蕉の筆つかいは奥州路では、どちらかといえば、過去や自分と向かい合うことが多かった。それに比べて、ここでは目にした風景や場面と共に、芭蕉の周りにいる人の気配や空気感を自然に取り込んでいて、過去や場面に一人で向かい合うというより、座を共にする人たちとの気分の共有が図《はか》られているようにも感じられて面白い。

俳諧の連歌の会を行うことを、一般に興行と呼ぶが、確かにそれは、人を喜ばせ感動させてこその、文化的な宴《うたげ》のようなものであっただろう。

清風のところでも述べたように、アーティストは、まわりに彼を敬愛する支持者や、彼の芸風を成立させる文化的な土壌《グラウンド》が在って初めてアーティストとして生きて行ける。

だとすれば、それを日々耕し、そこから手にし得る成果を人々に、機会あるごとに見せて、その素晴らしさを感じ取ってもらい、理解者を増やして行くこともまたアーティストの仕事。

壮大な情景を詠んだり、細かな雨の降る、霞がかかったような象潟の句に、淡く赤い合歓《ねむ》の花と、中国の四大美女の一人である西施《せいし》を重ね合わせたり、海の浅瀬に細く長い脚で立って何かをついばむ鶴の姿を、海涼しという新鮮な言葉を付けたり、芭蕉はここではしっかりと、お師匠さんとしての役割を果している。

それにしても、松島は笑うようで、象潟はうらむかのようだといい、さびしさにかなしさを足したかのようだという芭蕉の、眼前の風景を直感的に、一つの生命的な情景として感じ取り、それを端的に表現した言葉には、新鮮な驚きを感じる。

そこには、いわゆる表の日本と呼ばれる太平洋の海の光と、裏と呼ばれる日本海の色の違いだけではなく、そこで生を営む人々の暮らしや、その心のありようにまで、読む人の想いを、自然と及ばせる働きがあり、言葉が持つ一種の魔法のような力が、さらりと使われている感がある。

鋭い爪で魚をすばやく掴《つか》み取って生きる、海の鷹のような鶚《みさご》の、岩の上の巣に、芭蕉は何を観たのだろう……

鶚は海と、自らが巣を置く岩の高さを、波が越えたりはしないという約束でもしたのだろうかと詠む、どこか切なく、すこしはらはらしているかのような曽良の句が、なにやら微妙な色を映す。

31　雲の彼方の北陸道

酒田で、名残惜しい日々をかさねたのち、雲の彼方の北陸道を目指すことにした。遥かな道程《みちのり》に胸が痛む想いもする。加賀の地までは百三十里ほどあるらしく、鼠《ねず》の関を越えれば、そこから先は越中の国に続く、いぶりの関があるとのこと。ただ、このところ九日ばかり、熱さと湿気で心身がすっかり参り、病に臥《ふ》せってしまったので、あれこれと書き記すのは、止めることにした。

文月や六日も常の夜には似ず

荒海や佐渡によこたふ天河《あまのがわ》

誰しも、ひとつの場所から次の場所へと旅を続けて行くなかで、何かの拍子にそのリズムから外れ、ひとつの場所で居心地の良い日々をしばらく過ごすと、その地を離れるのが次第に億《おっ》劫《くう》になる。

そこに居続けたいと思うわけではは必ずしもないけれど、心に再びエンジンをかけ、旅のモードに入っていくための、気力を自らの内に満たすのが、なんとなく面倒になる。

人は変化を好むと同時に慣れに親しむ生き物でもあって、旅の面白さも辛さも、そうした人の特質と、深く関わりあっている。

芭蕉のように、できれば旅路を自らが生きる場所としたい、と表明するような人でも、行き過ぎるばかりの旅はやはり辛い。ましてや芭蕉には、酒田がそうであったように、そこやかしこに、自分を慕いもてなしてくれる人たちのいる、心をゆるして体を休ませることができる場所がある。

そこで俳句を詠み、時には道中では食べられないような御馳走《ごちそう》を食べ、安心して眠り、自分を評価してくれる人々と共に俳諧の連歌に興ずるという日々を送れば、誰だって次第に、その地を去り難くなる。

それに加えて、どんな旅にも、行きと帰りがある。旅路そのものを楽しむのだという心構えが、どんなに強くあったとしてもなお、多くの場合、人が旅立つ際には、その旅に個有の目的、あるいは動機のようなものがある。

そうである限り、もし当初の目的が達成されたと感じた時には、あるいは動機がそれなりに満たされたと思えば、自ずと、旅を続けるモチベーションを保つことが難しくなったりもする。つまりその時点から旅は、帰り道というニュアンスを帯び始める。

ここでの芭蕉の口ぶりを見れば、もしかしたら『奥の細道』の旅も、芭蕉にとって、そのような段階に入ったのではないだろうかという気がする。

白河の関を越えた芭蕉は、枕詞の故郷を巡り、奥の細道と呼ばれる道を抜け、松島や平泉も見て、厳しい奥羽山脈越えも無事に果して日本海にまで辿り着いた。芭蕉はすでに、この旅のハイライトと、おそらくは自らが思い描いた主だった道をすでに踏破《とうは》している。教養豊かな文化人が多くいる酒田で、芭蕉がほっと一息ついたとしても無理はない。

そうして、いったん休めてしまった体には、帰路のような旅路は辛い。今なら、帰りは飛行機でということも可能だが、芭蕉の時代には、遠くへ行けば行くほど帰路も長い。すでに日本海側に来てしまった以上、再び山を越えて戻る気力や体力が残っているはずもなく、ましてや、遠からず秋も冬もやってくるとあっては、とにもかくにも進むしかないと、芭蕉も何度も想ったろう。

いくら蒸し暑いさなかとはいえ、病に倒れ、書き記す気力さえ失ってしまったと、珍しく弱音まで吐いているのは、それまでの旅の疲れによる気怠《けだる》さや、気の緩《ゆる》みもさることながら、おそらくは、旅が帰路という、モチベーションを保ち難い局面に入ったと、つい思ってしまうとからくる物憂《ものう》さも、どこかで働いているように見える。

ただ、そんな帰路もまた旅の内と、自らにいい聞かせる時、芭蕉はこの先、自分の気持ちをどこに置けば良いのだろう。

とりあえず、酒田とおなじように、連歌を愛する人たちがいて、もういちど一息つけると思われる加賀の地を目指すしかない。

そこまでは何里と、芭蕉がなんとか自分を鼓舞《こぶ》しようとしている様子がうかがえる。

それでも芭蕉は、そんな記述の後、唐突に、二句を書き記している。しかも天の河の句は素晴らしく芭蕉的だ。

地の文にみられる物憂げな心境から、どうしてこんな句が？　と思う時、そこに芭蕉の意図のようなものが透けて見えてくるような気もする。


たとえば、考えてみれば俳諧の連歌は、もともとは意外性や極端な転位を競うものでもあった。そこから、より高次の詩の世界を指向したとはいえ、それでも芭蕉は、俳諧の宗匠であり、しかも機転の利いた付句《つけく》を誰よりも得意とする名人でもあった。

つまり芭蕉は、地の文にみられるような、現実的には疲労困憊して病に伏して、言葉を書き記す気力さえもないような、すでに老境に入った一人の脆弱《ぜいじゃく》な自分の情けない日常の中から、しかし、そんな現実を振り捨てるかのように、はてしない夜空の物語である七夕の特別な日、彦星《ひこぼし》と織姫《おりひめ》星との年に一度の逢瀬《おうせ》という、天空の浪漫《ロマン》へと、想いを一気に転じる。

そこは、小さな出来事が連なる人間の日常とはかけはなれた異次元の世界。読む者の心をそんな世界に導いて、天の河と佐渡と荒海を詠い込んだ壮大なスケールの、もしかしたら実際に夜空を見るよりもさらに、私たちのイマジネーションのなかで、はるかに美しく広がる宇宙にまで広がる夜空の天空絵《てんくうえ》。

地の文で吐いた弱音もなにもかも、この転換を際立たせるためだったのかとさえ思えてくるほどの、まるで地上の穴ぐらから、一気に天に駆け上る透明な龍にでも変身したかのような、一瞬にして世事を離れる、目を見張るような芭蕉の転位。

考えてみれば私たちは、ともすれば過去や明日に目を取られて今を見失い、損得にも心を乱され、何かにつけて原因や結果、目的や成果ばかりに気を配る。そうした価値観のなかでは、旅をするにしても、目的地以外の道行きは、単なる途中になってしまう。

しかし旅も人生も、大切なのは、実は過程《プロセス》であって、生きるというのはすなわち、刻々と移り変わる今を懸命に生きることにほかならない。

たとえどんな目的を抱いていたとしても、明日があるとは限らない、そこに行き着くまで、命があるとは限らない。人生や旅を生きるというのはそういうことだと、あるいは永遠を生きるというのはこういうことではなかったかと、芭蕉から教えられているような気分にさえなる。

あるいは芭蕉も、もう一度、旅立ちの時に、旅路こそが自分の住まいと言った自分の立ち位置と、自らが目指すことを見つめなおし、このあたりから、物語の起承転結の、転の段階《フェーズ》に入ろうとしているのかもしれないとも思う。

ともあれ、この場所で九日もぐずぐずしてしまった芭蕉は、萎《な》えた気力を、このような句を詠むことで、満天の星が輝く夜の宙空に放り投げるかのように、再び自分を浮遊させて旅を続ける。

芭蕉が佐渡へ渡るつもりだったかどうかは分からないが、この時代、荒海を越えて佐渡へと、ましてや病んだ体で渡るのは容易なことではなかっただろう。

その昔、年老いた世阿弥《ぜあみ》が島流しにされた佐渡を前にして、そのまま北陸道へと踏み出す芭蕉に、夜空に浮かぶ無数の星は、何を語りかけたのだろう。

少なくとも芭蕉の心は、天の河に翔《か》け上って佐渡を見た。

32 遊女

今日は、親しらず、子しらず、犬もどり、駒返し、などという、北国一の難所を越えて疲労困憊《ひろうこんぱい》したので、枕を抱くようにして床に就いたところ、同じ宿の一間隔てたあたりから、若い女の声が聞こえてきた。女はどうやら二人づれらしく、もう一人、年老いた男の声も混じり、話をしているのを聞いていると、女のほうは越後の国の新潟というところの遊女であるらしい。伊勢神宮へお伊勢参りに行こうとしているらしいが、どうやら男は、この関所まで二人を送ってきたけれども、明日は国に帰って行くようだ。女たちは、故郷への手紙などを書いて男に託したり、はかない伝言などもしている様子。

白波が寄せる汀《なぎさ》に身をやつし、と古歌にも歌われてはいるけれど、その場限りの契《ちぎ》りを重ねて、あさましくこの世を渡ってきた日々の因果。思えばなんと見苦しくも愚かな生き方をしてきたことか、などと話したりしているのを聞き、さらに聞くうちに、いつのまにか眠ってしまった。明くる朝、旅立とうとすると、その女たちが我々にむかって、行方もしれない旅路を思うと、あまりにも心細く、悲しくなってしまったりもするので、目立たぬようにちょっと離れて、付かず離れず、あなたさま方のあとをついて行きたく思います。お見かけするところお坊さまのようですが、その有難いお情けに、仏様の広い心をさらにまとっていただいて、どうか、これもひとつの縁と思し召《おぼめ》し頂き、旅をご一緒させてください、と泪《なみだ》を落しながら言う。不憫《ふびん》には思ったけれども、我々は、あちらこちら途中でとどまることも多いので、あなた方は、この街道を、人が行くとおりに付いて行けばいいでしょう。きっと神様や仏様が護ってくれて、無事に目的地に着けますよ、と言い捨て、そのまま別れたが、しばらくのあいだ哀れに想う気持ちが消えなかった。

一家《ひとつや》に遊女もねたり萩と月

思わずこんな句を口にすると、曽良が書き記した。

親不知《おやしらず》・子不知《こしらず》は、北陸道最大の難所の一つで、切り立つ山の斜面が海に落ち込み、現在ではトンネルなどがあるけれども、この時代には旅人は、山の裾《すそ》の波打ち際の、あるかなしかの砂地の路を、荒れた日などには、打ち寄せる波の合間を、次ぎの波が来る前に駆け抜けるようにして渡ったらしい。

親も子も、自分が波にさらわれないようにすることで精一杯だったので、このような名前がついたともいわれている。なかには、途中で転んだりなどして、抱いた幼子《おさなご》が手から放れて波にのみ込まれてしまったことなどもあっただろう。

ともあれ、病んだ体を気力で奮《ふる》い立たせて、再び北陸道を歩き始めた芭蕉は、この難所を越えて宿に着き、どうやら倒れ伏《ふ》すようにして床に就《つ》く。ふと気付けば若い女の声。いきなり、これまでとは打って変わった色香《いろか》のようなものが漂うが、女は二人でしかも遊女。まさしく旅は筋書きのないドラマだと思うような見事な場面転換。それこそが旅の面白さでもあるのだろうが、ただ、佐渡のところで気になった俳諧の連歌の技のことも脳裏をよぎる。

まるで時代劇のような、部屋を隔てたこの出会いが、実際にはなかったとは思わないが、芭蕉が俳諧の連歌の名人であることを考えれば、この偶然を、『奥の細道』にとって格好のエピソードと感じたとしても不思議ではない。

なぜなら俳諧の連歌では、春夏秋冬とテーマを巡らす。春に始まったこの旅も、いつのまにやら季節は秋になろうとしているが、一つの慣わしとして、たとえば一巻の俳諧の歌仙を巻き終わるまでには、少なくとも一句、恋心を詠んだ句を入れなくてはいけないことになっている。

和歌の時代からそうであるように、恋心はいつの世も重要な歌のテーマであって、人はそのためにこそ歌を詠み、詩心《しごころ》もまた恋心《こいごころ》と共にある。人を想う心を持たない者が、どうして美や自然に心を添わせることができるだろう。物語や、何気ない機微に思いを馳《は》せることができるだろう。

考えてみれば、薄墨色《うすずみいろ》の着物を着て、お坊さんのような姿で『奥の細道』への旅に出た芭蕉は、これまで一度も旅の中で、恋心と呼べるようなものとは触れ合っていない。かろうじて、かさねという可愛い少女の名前の響きの優しさに感応《かんのう》してはいるけれども、もちろんそれは恋心ではない。

曽良と二人で続けてきたむさくるしい旅も終わりに近づき、いよいよ北陸道の難所も越えてほっとして、疲れた体を休めようと、早々に床に入った一夜の宿での枕元に聞こえてくる女の声。芭蕉も思わず聞き耳をたてずにはいられなかっただろう。

聞けば遊女のお伊勢参り。しかも連れの男は、明日になれば新潟に戻り、あとは女二人になる様子。だからどうとは思わなかったかもしれないが、しかし芭蕉も男。しかも想像力が人並みはずれて豊かな詩人であってみれば、ふと、色っぽい夢想の一つもしただろう。

朝になってみれば、その遊女たちから、道行きをどうかご一緒してください、と丁寧な口調で頼まれ涙まで流される。考えてみれば、むこうも二人、こちらも二人。旅は道連れ世は情け、普通なら、ここは無下《むげ》には断わらずに、少なくとも次の宿あたりまでは一緒に行くところ。

もしかしたら芭蕉も、そうしてみようかなと、一瞬、想わなくもなかっただろう。もちろん、そこで芭蕉がそうしておれば、『奥の細道』は自ずと、全く別の物語になってしまう。それはしかし、この旅の仕上げとしては、いくらなんでも、破れもはなはだしい筋違《すじちが》いと、芭蕉でなくとも思うだろう。

こうして芭蕉は、後からそっとついて行かせてくださいという、遊女にしては奥ゆかしい言葉で乞《こ》い慕う二人を、堅苦《かたくる》しい情のない言葉で冷たく振り捨て、そのまま『奥の細道』の旅を続けることを取る。

そうしたあともしばらく心に残った、彼女たちを哀れと思う気持ちのなかには、情と共に、ほんの少しの未練のようなものも、あるいは混じっていたかもしれない。

自分が一夜をすごした家に、遊女も寝ていたとする表現には、ほんのりと漂う淡い色香だけではない艶《つや》がある。それは恋心ではないかもしれないけれども、ただ、ありえたかもしれないけれど叶《かな》わなかった、叶うはずもなかったと、残す想いも男と女の間に漂うひとつの情。

萩と月とは、しばしばセットのようにして、ひとつの絵のなかに一緒に描かれたりもするけれども、しかし実際には、大きく丸く光る月は、言うまでもなく、夜空の遥か彼方にあり、萩は、月から遠く離れた地球の小さな片隅で花を咲かせる。

人が愛《め》でるのは、もともとは別々の場所に別々のものとしてある、光る月と萩が織りなす景色。異るものどうしが、重なり合うことでつくり出す一瞬の構図。人の目と心と偶然を介した、その絵柄の妙《みょう》こそが詩情。

歌仙を彩り、アクセントをつけるものとしてある恋心と、月と花という歌仙に不可欠な要素を一句に収めた芭蕉の句。

思わず口からこぼれ出た句で、自分は書き記さなかったけれども曽良が書きとめたとする、芭蕉の言い方も絶妙。

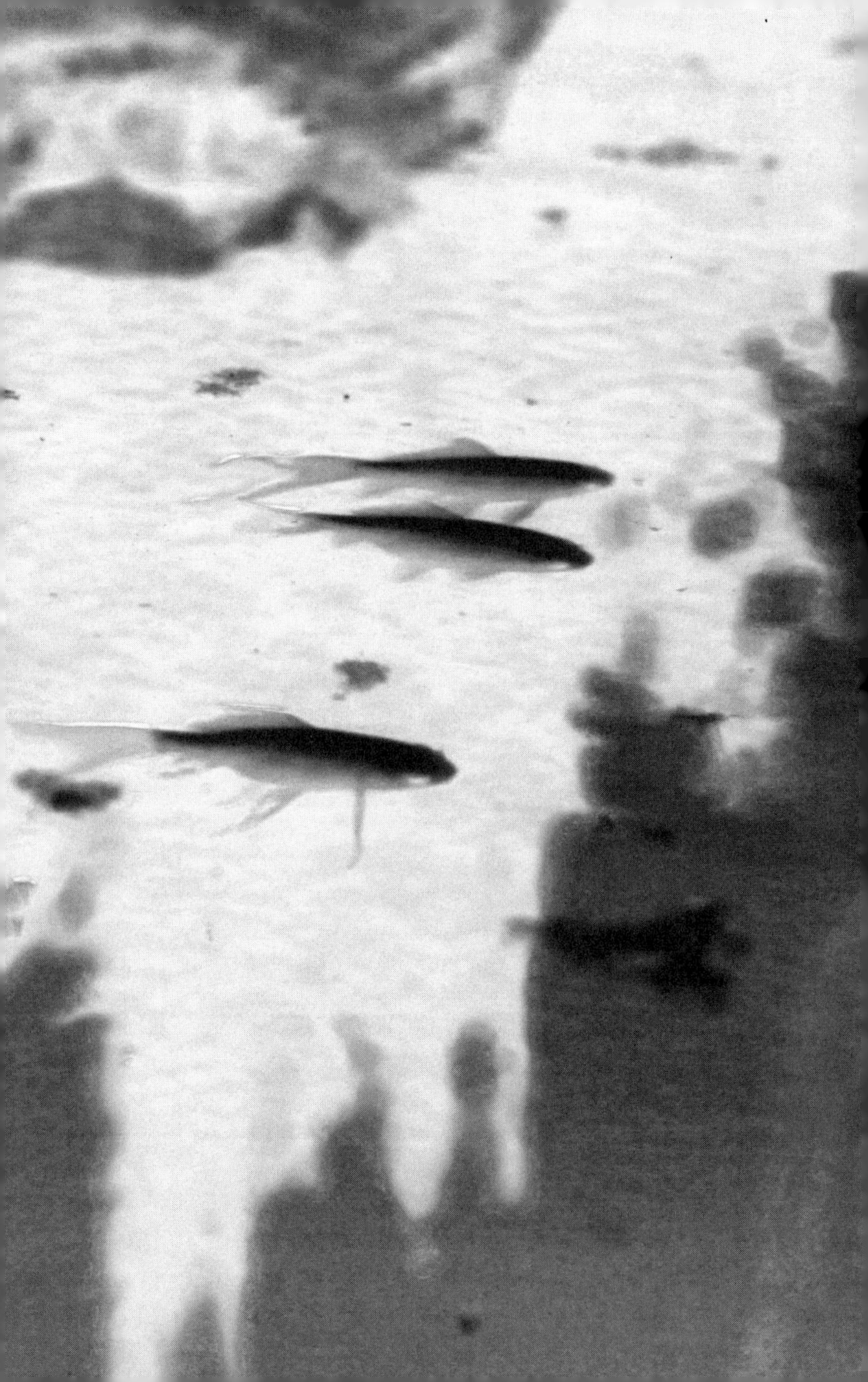

33　有磯海

黒部の四十八瀬とか言うらしいけれども、数え切れぬほどの川を越えて那古《なこ》という入り江の里に出た。たこの浦の底さえにおう藤波を、と歌われた氷見《ひみ》の担籠《たご》の磯も近く、今は藤の花が風にそよぐ春ではないけれども、そんな場所の初秋の哀れを訪れてみるのもいいかもしれないと思って人に聞けば、それはここから五里ほど磯を伝って行った、向こうの山の山陰だけれども、海女が一休みする小屋すらなく、そんなところにいまから行けば、和歌の世界でよく歌われているように、蘆《あし》のなかで一夜を明かさなくてはならないよとおどかされ、諦めて、加賀の国に向かうことにした。

早稲《わせ》の香や分け入る右は有磯海《ありそうみ》

例によって芭蕉は、古の歌に詠まれた場所を、できるかぎり訪ね歩こうとはしたようだが、このあたりは人里もまばらで、親知らず、子知らずほどではないにしても、いぜんとして道は険しい。

古の歌に縁《ゆかり》の地を訪《おとな》おうにも、地元の人ですら、よほどでなければ行かないような場所ばかりで、さすがの芭蕉も、ここは先を急ぐしかなかったようだが、それと同時に、できれば早く、文化のかおりの豊かな加賀に入りたいという気持ちもあっただろう。

街道には、すでに早稲《わせ》の稲穂が見え、秋の気配が感じられる。北国を旅するに適した季節も、もうそろそろ終わりに近づこうとするなかで、荒々しい岩礁や、富山湾を見やりながら、早稲の稲の香りの中を、佐渡のところで病あがりでありながら見事な句を詠んでみせた芭蕉にしては、なんだかとってつけたような句を詠んで、とにもかくにもひたすらに、加賀を目指して道を急ぐ。

唐突だが、夏の終わりの夕暮れ時のこのあたりの日本海は、ときに淡い藤色に光る。そんなことを思い浮かべながら、どうやら体調を崩して、どことなく精彩を欠いているようにみえる芭蕉のことをぼんやりと考えているうちに、ふと私の中に、ストイックな芭蕉にはあり得ないことだろうけれども、ただ、もしもそうしていたらという、一つの妄想のようなイメージが浮かんだ。

それは、芭蕉が『奥の細道』を、江戸から東北を経て奥羽山脈を越え、日本海の酒田に出たあたりでお終いにし、お伊勢参りの遊女に同行を持ちかけられたのを機に、そこから別の紀行へと移行していたら、どうなっていただろうということだ。

そんなことは、『奥の細道』が現にそうではない以上、何の意味もない夢想に過ぎないけれども、それでも、おそらく連歌の教養などなく、芭蕉とは全く接点がないようにみえる遊女たちと、たまたま出合った人たちと興に乗じて新たに歌仙を巻くように、遊女たちとの道行きを、それも一つの座興とばかりに試していたらどうなっていただろう。

それをたとえば、『伊勢路風狂日記』とでも題して書き残したとしたら、さぞかし面白かっただろうになどと、不謹慎にもつい想ってしまったりする。

それでは芭蕉が芭蕉ではなくなってしまう、滑稽《こっけい》が身上の俳諧から脱して、一歩一歩、孤高の世界を切り拓いてきた芭蕉の禅僧のような精進を何だと思っているのかと芭蕉ファンからお叱りを受けそうだ。

ただ、俳諧の連歌は、通常は、ある程度レベルが揃《そろ》った人たちで行われる。そうでなければ面白い歌仙が巻きにくいということはあるだろうけれども、たまたま何かの縁で偶然に、どうしようもない人が混じり込まないとは限らない。

その人が詠んだ、座をぶち壊しにしてしまいかねない句を、それはこうした方がいいでしょうねと、何気なく直し捌《さば》いてみせて、見事にその句を大転換の彩《あや》に仕立て上げて見せたりするのも俳諧の宗匠の手際《てぎわ》。

そういう力量にとりわけ秀でていた芭蕉、そうして新しい俳諧の世界を切り拓いてきた芭蕉であってみれば、古の歌や大自然と向き合う旅を終えた後、テーマを一変させて、人もまた自然のうち、とばかりに、自然体の遊女の言動などをちりばめつつ句を詠んだとしたら、はたして何をどんなふうにと、さぞかし面白いものができただろうと、ついつい想ってしまう。

さらなる脱線をお許し頂きたいが、むかしボブ・ディランのステージに、一人のファンの女性が客席から駆け上がってディランに抱きついたことがある。ディランはほんの一瞬驚いた表情を見せたが、すぐに彼女に何かをささやくと、平然とマイクに向かい、なんと彼女と一緒に歌い始めた。奇跡に直面した彼女もまたディランに合わせて必死に歌った。さすがディランと誰もが思った。

偶然を必然のように変えてしまった見事さに、観客は大歓声を送り、そうしてにわか仕立ての女性コーラスをまじえた曲が終わると、ディランは優しく手をたたきながら、彼女をバックステージへ送り帰した。

芭蕉であれば、たとえ相手が遊女であっても、見事なパフォーマンスを、そういうシチュエイションでなければ成し得ないような句を創ってくれただろうなと、思うからこそではあるけれども、おそらくは長旅の疲れからばかりではない越中での芭蕉の、このそっけなさを見ていると、そんな妄想がつい脳裏をかすめる。

考えてみれば、芭蕉には、正式に結婚したという記録はないが、ただ、寿貞という名前の、芭蕉と同じ年に亡くなった、身の回りの世話などをしてくれる妻にも等しい親しい女性もいた。寿貞をめぐっては、いろいろと複雑な事情があるともいわれているけれども、それはともかく、機微に長《た》けた芭蕉が女性にもてなかったはずもない。

先の遊女のことがいつまでも頭に残っていたからとは思わないが、有難いお情けに、仏様の広い心をさらにまとっていただいて、どうか、これもひとつの縁と思《おぼ》し召《め》し頂いて、旅をご一緒させてくださいと泪を流しながら、言葉づかいも健気《けなげ》に遊女が言ったと芭蕉は書いた。そこには、冷たい言葉で振り切ってしまったとはいえ、彼女たちに対する思いやりの心情が感じられる。

そんな芭蕉が、旅をしながらも常に永遠の中を歩いているかのような芭蕉が、何らかの理由で遊女に身をやつしたけれど、言葉づかいも振舞いも決して見苦しくはない可憐な女性の、リアルな姿に接しながら、ほんのすこしだけ、女の眼差《まなざ》しや色香や、限りなく今に近い未来を見つめる視点を、詩の世界に導入していたらどうなっただろうかと考えてみるのは、楽しい。

同時代の、芭蕉とは異なる切り口で、新たな俳諧を果敢に切り開いたライバルともいうべき、

『好色一代男』を書いた井原西鶴とは違った、人と自然との何気なくもリアルな一瞬の触れ合いの向こうに、芭蕉ならではの世界を、きっと描いてくれたはずとも思う。

もちろん、それは単なるファンの妄想に過ぎない。人は誰しも、無限にあり得る未来の中から、そのつどそのつど常に、たった一つの今しか撰べず、たった一つの過去しか結果としては残せない。

たとえそうであったとしても、そうして残された過去の読み取り方ならば、自然の受け取り方がそうであるように無限にある。

芭蕉に関しても、ありえたかもしれない旅のことを、現にそうであったことを超えて語ることはできないけれど、できなかったことも含めたそれらの全てが、書き記され遺された『奥の細道』の向こうで、稲穂の香りの向こうで、そして藤色に光る海の面《おもて》からは見えない深い海の底で、ほのかに香るように感じる幻の藤の香りと共に静かに眠っていると想わせるとすれば、それもまた、芭蕉の為した一つの働き、あるいは技。

34　金沢

古《いにしえ》の歌にも謡われた卯の花山、木曽義仲《きそよしなか》が牛の角に松明を付けて夜討ちをかけて平家を敗走させたことで知られる、くりから峠を越えて金沢に入ったのは七月十五日。

ここでは、大阪から金沢に通って商いをしている何処《かしょ》という者と、旅の宿を同じくすることになった。また金沢には一笑《いっしょう》という者がいて、その名前から分かるように、ほのぼのとした作風で、それなりに知られた人物だったが、去年の冬に早死にしてしまったとのこと。彼の兄が、一笑を偲《しの》んでの追善《ついぜん》を催し、そこでの俳諧の会に出た。

塚も動け我が泣く声は秋の風

そのあと、ある草庵に招かれて。

秋涼し手毎《てごと》にむけや瓜茄子《なすび》

そこからの帰り道にも句を詠んだ。

あかあかと日は難面《つれなく》もあきの風

加賀百万石で知られる金沢は、江戸や京や大阪とも異なる独自の文化と豊かさを持ち、お茶や踊りや詩歌など、なにかと芸事がさかんな街であって、それは今日《こんにち》でも同じだが、どうやらそのころも俳諧をたしなむ人などが多くいたと思われる。

奇妙な俳号を持つ商人もいれば、一笑などという、おそらくは俳号と響きあうような作風、つまりは滑稽を旨《むね》とする俳諧の初期の精神を受け継ぐ自分独自のスタイルを、あえて表明して楽しんでいるような数寄者《すきもの》もいたりして、芭蕉はさっそく、待っていましたとばかりに催された俳諧の席に招かれている。

加賀藩の主城のある金沢、二代目藩主の前田利常の隠居城と称して築かれた小松城のあった小松、利常の息子に分家するかたちで設置された大聖寺藩のあった大聖寺を拠点にして栄えた加賀の地は、日本海と白山連峰の間に広がる加賀平野を有する海山里《うみやまさと》の幸に恵まれた豊かな地。

加賀は、そんな豊かさを背景とした保守性と、都から離れた場所ならではの、新しさに対する好奇心の強さとが入り混じった独特の文化的、精神的風土を持っている。

それは金沢も小松も、現在の加賀市にあたる大聖寺近辺も同じだが、面白いのは、それと同時に、それらの街それぞれに、微妙に異なる言葉づかいや習わしや自尊心《プライド》のようなものがあることで、そんな土地柄もあって、俳諧の世界に新風を吹き込んだ芭蕉は、どこでも大いに歓待されたと思われる。

また加賀の地は、一向一揆で知られるように、古くから浄土真宗の信仰のさかんな土地で、命日など、何かにつけて法事がよく行われる。そのためにお寺に出かけたりすることもあるけれど、多くの場合、家に縁者たちが集まり、御坊《ごぼう》さまを招いて、お経をあげてもらったり、説法をしてもらったりする。

そのさい、浄土真宗がもともと民衆の暮らしと深く接しあうものであるだけに、説法も決して堅苦しいものではない。普段の生活の中のことや、故人の思い出など、親しみのある話に、仏の教えなどを織り込みながら、その場にいる人々と、膝を突き合わせて語り合うのが一般的で、そうしたことが生活に溶け込んでいるため、僧侶も気軽に出向いてくれる。

集まってくる人も、たとえ誰かの葬式や命日の法事だからといって、必ずしも親戚縁者や故人に親しい人ばかりではなく、近所の人や、ちょっとした知り合いが顔を見せたりもする。

つまり加賀の人たちにとって法事は、折りに触れて故人の面影や仏と触れ合う場であると同時に、コミュニティを維持して行くための一種の寄り合いのようなものにほかならない。

私も実は加賀の出身なのだが、幼い頃、たとえばお盆に祖父の家に行った時など、大きな仏壇のある仏間で御坊さまが、たくさんの婆さまたちを前にして、なにやら面白おかしく話をしていたことがよくあった。

その様子がなにやら楽しそうで、横に坐って話を聞いていると、お話の後で、井戸で冷やした西瓜や瓜を食べさせてもらえた記憶が、その場の雰囲気とともに身体の中に残っている。

もちろん法事の後でお膳を並べて食事をすることも多く、芭蕉が招かれたのも、そういう追善の会だったのだろうが、そこで俳諧の連歌が巻かれているあたりが、いかにも金沢らしい。

そこで詠まれた芭蕉の句も、さすがに座をよくわきまえていて、最初の句など、一笑と芭蕉との縁の深さを感じさせるとともに、どこかサービス精神が過剰に発揮されているようにも見え、妙に派手好きの金沢に、どこかぴったりの感がある。

また草庵での、瓜や水茄子を、それぞれが自由に皮をむいて食べるようすを描いた句からも、町民や農民が力を持っていた加賀の地の、親しいもの同志の肩の凝らない座の雰囲気が、初秋の加賀の空気感とともに伝わってくる。

外に出れば、まだ日差しが強い時刻だったのだろう。陰暦の七月十五日といえば、陽暦ではお盆もすぎた八月の二十九日。連歌の会の帰り道では、初秋とはいえ、まだまだ強さを残す眩しい光が顔を射る。火照《ほて》る頬を吹き過ぎる風の中に秋を感じた芭蕉は、おそらく、すこし酔っていただろう。

35　小松

小松というところで
しほらしき名や小松吹く萩薄《はぎすすき》

小松の太田《ただ》神社に詣拝《けいはい》した。神社には、斉藤別当実盛《さいとうべっとうさねもり》の甲《かぶと》や錦《にしき》の切れがあり、甲はその昔、実盛がまだ源氏の側の武将であった頃、義朝公から授けられたものであるらしい。たしかに、いかにも平家のものとはちがって、甲の目庇《まびさし》から吹返《ふきかえし》まで、金をちりばめた菊唐草の彫りがほどこされており、甲の前立ちの竜頭《たつがしら》には鍬形《くわがた》の甲飾りが取り付けられている。実盛が討ち死にしたあと、木曽義仲が、大事に奉ってくれとの願いの手紙を添えて、この社《やしろ》に奉納した品だとのこと。こうした縁起を見聞きすると、その使いをした樋口の次郎のことなどとともに、そのときのようすが、まるで間近で見るかのように目に浮かんだ。

むざんやな甲《かぶと》の下のきりぎりす

加賀の地に生まれ育った筆者には、このところ、耳慣れた響きの地名や名前がさかんに登場する。小松には、私が通った高校があり、そこから海の方に少し行けば、歌舞伎の勧進帳《かんじんちょう》で有名な安宅《あたか》の関の跡もある。

勧進帳は、寺の建立などへの寄進を求める勧進帳を持って行脚する山伏の姿に身をやつして逃避行を続けていた義経の一行が関所で疑いをかけられ、弁慶が、一世一代の必死の演技で白紙の勧進帳を読み、さらに、嫌疑を受ける原因となった若者を、心の中で涙を流しながらも金剛棒で打ち据え、その様子を見た関守の富樫《とがし》が、若者が義経であることを察しつつも、弁慶の心の内に免じて関所を通すというお話で、子供のころ、同級生の中には、休み時間に、歌舞伎の弁慶の台詞を諳《そら》んじて、身振り手振りを交えて唱えてみせる者がいたりした。

またこのあたりは、実盛と木曾義仲の因縁《いんねん》をはじめ、源平の合戦や、それにまつわる話も多い。地元では多太《ただ》と書かれる神社で芭蕉が見た実盛の兜《かぶと》は、もともとは源氏の出身であるけれども、訳あって平家の武将となっていた晩年の実盛が、源氏の木曽義仲との決戦で、老人と見られて手加減されるのを厭《いと》い、相手が義仲ならば、せめて最後は若武者のように戦って討ち死にしたいとの覚悟の上で、白髪を黒く染めて果敢に、味方が退却してもなお一人で踏みとどまって戦って討たれた時に被っていたとされるもの。

首を検分した樋口の次郎は、一目でそれが変装した実盛であることを知り、あなむざんやな、ああなんと無残なことだろうと思わず呟《つぶや》いた。

それで察した義仲が、近くの池で首を洗わせ、髪を染めた墨が流れて白髪が現れ実盛だったことが分った義仲が、深く悲しんで涙を流したという話は、このあたりでは有名で、芭蕉が見た兜や錦《にしき》切れは、幼い頃に実盛に命を救われた因縁を持つ義仲が、自らの恩人でもある実盛の供養のために、せめて手厚く奉ってもらいたいと、多太神社に奉納したものと言われている。

古戦場には今も、首洗い池、という名の小さな池があり、筆者も小学生の頃に遠足で連れて行かれたが、その頃はただ、なにやら不気味な怖さを感じたことだけを覚えている。

木曽義仲は、加賀では英雄の一人で、倶利伽羅《くりから》峠で平家の大軍を、角《つの》に松明《たいまつ》をくりつけた牛を先頭に夜襲して打ち破った話など、私も母方の祖父に添い寝をしてもらっての寝物語で、何度も聞いた。

冬には雪に閉ざされるとはいえ、夏になれば、白山連峰と日本海のあいだに広がる平野が豊かな稲穂の海となり、のどかな中にも、そこやかしこに文化のかおりが漂う加賀で、芭蕉はずいぶん歓待されたようだ。

金沢では、芭蕉にしては珍しく長く滞在して歌仙を巻いたりしていて、小松でも同じように席をもうけられて句を詠んでいる。

冒頭の、客人としてもてなされたお礼も兼ねた優しい句も、小松での会での発句。源平の物語などが好きな芭蕉にとっては、俳諧が盛んな文化的な風土も含めて、加賀は居心地の良い、安心できる場所ではあっただろう。

なお、きりぎりすは、そのころはコオロギのことをそう呼んだらしい。主《あるじ》の実盛をはるか昔に失い、源氏の武将だった名残を残す、華やかな兜《かぶと》だけが遺されてある場所の下から聴こえてくるコオロギのかすかな鳴き声が、いかにも切ない。

36　那谷

山中温泉に行く途中、白山連峰を背負って道を行くと、左手の山際に観音堂があった。第六十五代天皇の花山法皇が、西国の三十三ヶ所の観音霊場の巡礼を成し遂げられたのち、この地を訪れ、自らが訪れた巡礼の地の全ての要素がここに在ると言われ、三十三ヶ所の最初の地である那智《なち》山と最期の谷汲《たにぐみ》山の文字を取って那谷《なた》と名付けられたとのこと。境内には奇石がさまざまな景色を成し、古い松なども並び植えられてあり、茅葺《かやぶき》の小さなお堂が岩山の上に造られていたりもして、まことに信心の深さが偲《しの》ばれる殊勝《しゅしょう》な土地柄を感じた。

石山《いしやま》の石より白し秋の風

那谷寺《なたでら》は、霊峰白山《れいほうはくさん》の山裾《やますそ》の複雑な地形の傾斜地を利用して造られたお寺で、浄土真宗のお寺が多いこの地方にあっては、珍しく真言宗のお寺だが、縁起《えんぎ》はさらに古く、岩山の洞窟を利用した祠《ほこら》などもあって、もともとは命の源である白山への信仰、さらには、縄文時代からの自然崇拝の祭礼所であったともいわれている。

自然との密着度が希薄になっている現代人からすれば、どうしてこんな辺鄙《へんぴ》な田舎に意匠を凝《こ》らしたお寺が、と奇異な感覚にとらわれかねないが、現在の幹線道路や鉄道などをいっさい取り払って自然の地形そのものを見れば、那谷は、豊かな幸をもたらしてくれる山裾にあり、しかも海の幸をもたらす海や潟からもきわめて近い。この場所が、太古の昔から自然の恵みに溢れる、祝福された場所とされたとしても不思議はない。

今日でも那谷寺は、神道の精神性や仏教の観念性より、どちらかといえば、四季折々の幸を絶えることなく私たちにもたらしてくれる自然への感謝の気持ちを尊ぶ心や、自然が育む命の循環を大切にしていると思われ、凝った細工を施した建造物とともに、起伏の多い境内の多様性に富んだ豊かな植生が見事。

正月には、岩山の祠《ほこら》を、自然の胎内の一部として敬《うやま》い、そこに入って心身を清め鎮めて出てくる胎内巡りの儀式も行われている。

芭蕉も、加賀地方を巨大な屏風《びょうぶ》のように他界から仕切って連なる白山連峰の裾野の、ゆるやかな道を歩いて、那谷寺に立ち寄る。

境内の、生い茂る樹木の葉と、乾いた岩を渡って吹いてくる風は、湿気の多い北陸の残暑の残る路を歩いてきた芭蕉には、一瞬、生き返るような、まっさらな秋の風に映ったかもしれない。

もちろん石山は、観音霊場三十三ヶ所の滋賀の石山、紫式部が源氏物語の構想を練ったともいわれ、同じように白っぽい岩で知られる石山寺のことを詠み込んでもいるのだろうが、それよりも白いと詠むなど、このところ芭蕉は、先の小松の句でもそうだけれども、なんとなく自然なサービス精神を、さらりと発揮していて、道行きには曽良の他にも、他所《よそ》からきた教養人をもてなすのが大好きな、ややおせっかいな加賀人が付き添っていて、道案内をかっていると思われる気配がある。

土地の気風もまた、詩作をとりまく風のひとつ。

37　曽良との別れ

山中温泉で温泉《いでゆ》を浴びた。有馬温泉に次ぐ効能といわれている。

山中や菊はたをらぬ湯の匂《におひ》

宿の主は、久米之助《くめのすけ》という名だが、まだ子供で、彼の父が俳諧を好み、京の都の貞室《ていしつ》が、むかし、まだ若輩者《じゃくはいもの》だったころここにきて、風雅を知る宿の主を前に恥ずかしい思いをし、京に帰って貞徳の門人となってのち、世に知られるようになってからも、ここ山中では俳諧の会での謝礼を受け取らなかったというが、それも遠い昔話。

曽良は腹を病み、伊勢の国の長島に知り合いがいるとかで、先にそこに向かうことになった。

行き行きてたふれ伏すとも萩の原　　曽良

曽良はこのように書きのこしたが、行く者の悲しみ、残される者のうらめしさ。まるで二羽の鴨が離れ離れになって雲の中で行方を見失ってしまうかのようで、私も一句、書き記したことだった。

今日よりや書付《かきつけ》消さん笠の露《つゆ》

温泉で長旅の疲れを癒す芭蕉は、緊張感漂う『奥の細道』の前半とはうって変わって、すっかり寛《くつろ》いでいる様子。詠む句にも、ご当地のことをそつなく詠み込むなど、すでに俳諧のお師匠さんとしての日常の中にいる感がある。

そんな師匠をみて、もういいだろうと思ったのかどうか、曽良は芭蕉をのこして先に行く。病んだからと書かれているけれども、湯治場からさっさと旅立って行ったところをみれば、それほどの病でもなかったのだろう。ここはむしろ、自分の役目は終わったと判断したのではないかと思われる。

これまでの様子から、どこか朴訥《ぼくとつ》で一徹《いってつ》な正直者という感じが漂う曽良だが、曽良が残した句をみれば、ここでは、曽良のほうがむしろ、旅の主旨をあくまでも貫徹しようとしているようにも見えて、お師匠さんはいったいどうなってしまったのだろうと思わなくもない。もしかしたら、旅もそろそろ終わりに近づいたので、曽良が先回りをして当面の落ちつき先の算段でもするつもりなのだろうかと、つい余計なことまで思ってしまう。

山中は現在の加賀市にあるが、このあたりにはほかにも、粟津、片山津、山代という温泉地がある。片山津温泉のほかは、どれも千年以上の温泉の歴史を持つ、湯質の良さと豊富な湯量を誇る湯治場で、なかでも開湯千三百年とされ、傷を負った鷺《さぎ》が湯で傷を癒《いや》していたのを見たことから始まる開湯伝説がある山中は、湯の温度が長湯をするにちょうどよく、成分も肌に優しい温泉なので、長旅に疲れた体によほど馴染んだのだろう。曽良の記録によれば、芭蕉はここで八泊もしている。

芭蕉の記述では前出の那多寺には、小松から山中に行く途中に立ち寄ったとあるけれども、実際には、どうやら山中から再び小松に戻っていて、那多にはその途中に立ち寄り、そうして小松から大聖寺に向かったようだ。

しかも金沢からずっと、北枝《ほくし》という俳号を持つ地元の人が付き添ってきていて、曽良と三人で歌仙を巻いたりもしているので、曽良が先に行ったのも当然といえば当然かもしれない。

山中では、泉屋久米之助《くめのすけ》という人の家に滞在しているけれども、この人物は当時まだ十四歳とはいえ、優れた俳諧師でもあった祖父や父からすでに家督《かとく》を継いでいて、芭蕉もよほど気に入ってその才能を認めたのだろう、かつて桃青と名乗っていた自らの俳号の桃の字をとって桃《とう》妖《よう》という俳号を彼に与えた。

桃の木のその葉散らすな秋の風、という句まで詠んでいるところを見れば、よほど見所のある少年だったのだろう

菊は手折《たお》らぬ、と詠んだ句も、中国の周の時代に、王の寵愛《ちょうあい》を受けていた童《わらべ》が、うっかり王の枕をまたいで山奥に追放されたけれども、山の中で、手折った菊から滴《したた》り落ちた露が溶けた水を飲んだところ、不老不死の美少年となったという、能の『菊滋童《きくじどう》』を踏まえている。

それにあやかって、菊を手折ったりしなくてもよいほどの良い湯のかおりが、このあたりには立ちこめていると詠んだ句は、今も山中温泉の湯を讃える格好の誉め言葉として重宝がられているが、単に山中を愛《め》でるばかりではなく、桃の木の句と共に、暗に桃妖のことを謡《うた》っているようにも思われる。

また、山の中の小さな湯治湯ではあるけれども、大聖寺藩の奥座敷であり、また北前船の船主たちからも愛された山中温泉には、古くから豊かな文化が根付いていて、山海の幸を彩る九谷焼の古九谷の窯跡があり、生地の美しさを見せる山中塗の漆工芸の伝統などもある。

芭蕉はこの地を、陶淵明《とうえんめい》の詩で有名な桃源郷《とうげんきょう》に見立てたとも言われていて、どちらにしても、長逗留《ながとうりゅう》したことを含め、よほど気に入ったことは間違いない。

考えてみれば、いくら才能があったとはいえ、下級武士の出身である芭蕉が故郷を出て江戸で頭角を表すには、よほどの苦労が、というより、人並みはずれた覇気《はき》や胆力や精進や意志、そしてそれなりの思案や算段、あるいは野心のようなものも必要だっただろう。

滑稽な俳諧の曲芸に疲れ、貞門が吹かす風に乗ることも止め、談林の世俗からも離れ、漢詩をちりばめた狂歌や過剰な演劇性にも飽きて、自然に感応し、物語に酔い、人と触れ合い、美を愛でる。

そんな、詩というものが人の心にもたらし得る感動の本質を見つめることを求めて旅に出た芭蕉。そうして自らがかたちにし始めた詩の新しさで、多くの人々の心を惹きつけて、俳諧の新風の先駆者《アバンギャルド》とさえなった芭蕉だが、しかし、そこで持て囃《はや》される芭蕉が、必ずしも、芭蕉が夢見る芭蕉であるとは限らない。

ここで芭蕉はわざわざ、後に貞門の祖である松永貞徳の一番弟子を自認することになる貞室の話を出し、まだ若かった頃の彼が、彼よりも風雅を知る宿の亭主の懐の深さに恥じて、その後有名になってから山中で俳諧の連歌の席を設けられても、謝礼を受け取らなかったという話を書いている。

芭蕉もまた、芭蕉を名乗り始める頃から、通常はそれで生きて行く俳諧の宗匠への報酬である、指導料としての点料を基本的に貰わなかったといわれている。

それは禅僧が経を読むように、あるいは鳥がさえずるように句を詠もうとする芭蕉の覚悟や晩年の価値観、さらには新風のパイオニアとしての自負と共に、常に自分がまだまだ未熟で、道半ばにあるという自覚のようなものの表れでもあったかもしれない。

ただ、どんな孤高の高みを目指す詩人であっても、それを理解し、その高みを自らの夢と感じてくれる他者がいなければ、やはり寂しい。またそういう人たちがいなければ、自らの美意識が確かなものとして広まってもいかない。

人には人が必要で、弟子がいるのもそのためなのだろう。曽良と別れるにあたって、行く者の悲しみ、残される者のうらめしさ、などと書き記しているのも、長旅を共にし、身の回りの世話もしてくれる同志がいなくなるからということもあるだろうけれども、ただ、その言い回しの大仰《おおぎょう》さには、敢えて誤解を怖れずに言えば、どこかとってつけたような雰囲気があり、なんとなく芭蕉らしくない。

もちろん芭蕉のことを、最も敬愛してくれている曽良との別離が悲しいのは当然としても、これまで、一瞬の情景の内にある永遠との対話をし続けてきた芭蕉が、今日からは編み笠に一緒に書き込んであった曽良の文字も消さなくてはと、今ここにある悲しみをストレートに詠むというのも、どこか奇妙で、急に芭蕉が気弱になったようにも見えて不思議だ。

これからの道行きは、これまでに比べれば、おそらくそれほど危険ではなく、だんだん都も近くなり、人の行き来も増えて、曽良がいなくても旅を続けられるところに芭蕉がすでにいることを考えると、行方を見失った鳥という表現も、すこし大げさな気がしなくもない。

もしかしたら芭蕉は、もう少し、ここに留《とど》まりたかったのかもしれない。もし、芭蕉の夢が自然体で息づくことができるような場所を見つけたと感じたとしたら、はたして何のために、そこから出て行く必要があるだろう。

どこにいても季節は巡る。山と海、水と緑の豊かなこの地に、共に夢を見、夢を託すに値するような可能性を秘めた人物が、現にいると思えたなら、もうすこしここでと、芭蕉が考えたとしても不思議ではない。

一所不住《いっしょふじゅう》の覚悟に、たとえば、変化無限とでもいうべき心得《こころえ》を加えて、ここに芭蕉が、留まり続けたとしても面白かったかもしれないと思ったりもする。

ここには、北枝のような弟子や、素直に連歌を愛する文化的風土もあり、百姓であれ商人であれ旅館の亭主であれ職人であれ、それなりの素養を持つ人々がいる。

さらには、桃妖のような豊かな可能性を秘めた若者もいる。そんな場所で、日々を普通に生きる男や女、人々の営み、それらのすべてをとりまいて刻々と移り行く四季とともに、自然体で俳句を詠んで暮らしながら、あるいは遠い未来につながる文化的な芽のようなものを育てることを、もしも芭蕉がここでしていたとしたら、どうなっただろうかとも思う。

水は流れ流れて天と地を限りなく巡り、風も流れて野山を渡る。どこに留まったとしても、流れる水も吹きくる風も同じではなく、季節も気色《けしき》も常に移ろう。

そうして、この旅の最初の心構えとは異るけれども、江戸という都会から遠く離れた、自然豊かなこの場所にとどまり、芭蕉がもう一人の芭蕉を目指して句を詠みつづけたとしたら、とつい思ったりしてしまう。

しかし、もちろん、江戸時代という閉鎖的な社会のなかで、俳諧に生きる道を自らの力で切り拓き、多くの弟子に芭蕉翁《おう》と呼ばれる存在にまでなったからこそ生きてこられた芭蕉には、それは所詮、選択しようのない道ではあったかもしれない。

夏も過ぎた山中の深い森からは、どこか哀しく響いて森を渡る日暮《ひぐらし》の声も聞こえただろう。そんなことなどを想う時、ここに記された、一見平易に見える三つの句が、妙に張りつめた気配を帯びて、互いに木霊《こだま》し合って聞こえてくる。

38　汐越しの松

大聖寺城の城外の全昌寺《ぜんしょうじ》という寺に泊った。ここもまだ加賀の地で、曽良も前の夜は、この寺に泊り、

よもすがら秋風聞くやうらの山　　　曽良

と詠んで残して行ったらしいが、一夜ちがえば、千里を隔てているのも同じ。私も曽良のように秋風を聞きながら、寺の宿坊に横になっていると、空が曙に染まり始める頃、朝のお務めの読経の澄んだ声がしたかと思うと、やがて板を木槌で叩いて朝餉《あさげ》を告げる鐘板《しょうばん》が鳴り、食堂に行った。

今日は越前の国まで行くのだと思うと気が急《せ》いて、早々に立ち去ろうとすると、年若い修行僧たちが、紙と硯《すずり》をかかえて階段の下まで追いかけてきた。折しも、風が吹いて境内の柳の葉が

散り落ちたので。

庭掃きて出ではや寺に散る柳

草鞋を履いたまま、とりあえず、といった体で書き捨ててきた。
越前に入り、吉崎の入り江に船を出して、汐越しの松を尋ね見た。

よもすがら嵐に波をはこばせて月をたれたる汐越しの松　　西行

この一首で、この景色のことはすべて表現され尽くしている。もしさらに何かをつけ加えて言おうとする者がいたとしたら、五本指の手のひらに、もう一本、余計な指を付け加えようとするようなものだ。

曽良は先を急ぎ、芭蕉もその後を追い、一日違いで同じ行程をたどった、と芭蕉は記しているけれども、曽良の日記によれば、実際には山中で曽良と別れた後、芭蕉は北枝とともに那多に立ち寄って小松に戻り、そこに滞在している。

このあたりの事情は加賀ではわりとよく知られていて、芭蕉は結局、加賀の地では、金沢に九泊、山中で八泊、小松にあわせて五泊していて、その間に、さかんに俳諧の席にも呼ばれている。

曽良を追ってすぐに大聖寺に行ったと書いたのは、過ぎてきた場所に戻ったのでは、旅らしくないと考えたからかもしれないし、曽良と別れてから那多に立ち寄ったり、小松で歌仙を巻いたりしたのでは、なんとなく、つれない感じを読み手にあたえかねないと感じたからかもしれない。

ともあれ芭蕉は少し遅れて大聖寺に入る。大聖寺は小松以南の、ほぼ現在の加賀市に相当する領地を治めた、かつての大聖寺藩の陣屋《じんや》のあった町で、いまでも加賀市役所は大聖寺にある。

室町時代から、この地方の要としての錦城《きんじょう》と呼ばれた城があり、戦国時代には一向一揆の拠点ともなった。江戸時代になっても、当初はまだ城があったが、芭蕉が生まれる少し前に発令された幕府の一国一城令によって城は廃せられ、その後、前田家の三代目で加賀藩の二代目藩主だった前田利常が隠居をするにあたって、三男の利治に七万石の藩として分け与えてからは、独立した大聖寺藩の中心として栄えた。

今はお城は無いけれども、錦城のあった周りには山の下寺院群と呼ばれる、越前との国境を護る砦の役割を担う八つの寺社が配されていて、五百羅漢や木彫りの芭蕉像が遺されている全昌寺もその中の一つ。山中の泉屋の菩提寺でもあったので、ここに泊ることになったのだろう。

どうやら再び旅を続ける気になった芭蕉は、曽良の詠んだ句などを追体験しながら、ここでは一泊だけして、朝になると早々に寺を出て、現在の福井県にあたる越前に向かおうとする。挨拶もそこそこに寺を出る芭蕉を、若い修行僧たちが、紙と硯を抱えて追いかけてくるようすも面白い。名のある人と、よほど言い含められていたのだろう。禅寺に泊まった者は、発つときにはお礼に、境内を掃き清めてから出るのが慣わしのようだが、朝食の後、そそくさと寺を出た芭蕉は果して、ちゃんと庭など掃いたのかどうか。

すでに草鞋《わらじ》をはいた旅支度の芭蕉の周りに、風に吹かれて柳の葉が散る。とにかく早く旅に出なければという気持ちと、掃き清められた参道に、早くも柳の葉が散り落ちるようすを、出ではや、という言葉に掛けたりしているけれども、僧たちの求めるままに、とりあえず書き捨ててきた、と言っているあたり、なんだか気もそぞろという感じがしないでもない。

大聖寺から越前との国境までは歩いても河を下っても直ぐに着く。そのあたりで、ようやく落ち着いたのか、気分も新たに『奥の細道』の本筋に戻り、古《いにしえ》の歌に詠まれた場所を訪ねる。

ここでの歌の詠み手は、初心に帰るにはうってつけの、芭蕉の心の師ともいうべき西行。そこで芭蕉は、この旅で初めて、本来なら自らの句を書くべき本文に西行の歌を載せ、西行の名まで記している。

　ただ、古の歌のことは、これまでは、それと知れる程度に軽く触れてきただけだったにもかかわらず、ここでは一首をそのまま書き写し、しかも、これ以上何を表現すべきことがあるだろう、この歌に足して何かを付け加えることは、ちゃんと五本揃ってある手に、もう一本、余計な指を付け足すようなものだとまで言う始末。そんなことを稀代《きだい》の俳諧師が、はたして言ってしまっていいものかどうか。

　言葉通りに受け取れば、それは確かに西行への敬意の表れといえなくはないだろうが、しかしよく見れば、ここに記された曽良の句は、この西行の歌と同じ言葉で始まっていて、なんだか曽良から、さっさと古の歌の故郷と、偉大な先輩たちと向い合い、彼らの足跡を辿る旅に戻って下さいと、催促されているかのようにも映る。

　そう考えれば、曽良の句も、うらの山の向こうは越前で、そこには風に吹かれて枝をたわませた汐越えの松があるのだよと言っているようにも聞こえる。

　もしかしたら、こんなふうに書き記した芭蕉は、なんとなく苦笑いしながらも、再び、旅の最後を、『奥の細道』の仕上げをする気持ちになり始めた、ということなのかもしれない。

39　越前へ

古くからの知己である丸岡の天竜寺の長老を訪ねた。また、金沢の北枝という者が、ふとしたことから私を慕ってついてきてくれていたが、それもここまで。道すがら、いろんな風景を、律義に心にとめて想いをはせ、折りに触れ、なんとかあわれを詠み込もうと苦心している様子が耳に聞こえたりもしたが、そんな彼とも、ここで別れることとなった。

物書きて扇ひきさく名残《なごり》かな

五十丁山に入って、永平寺に礼拝した。永平寺は道元禅師が開かれたお寺で、京の都から千里も離れた、このような山奥にお寺が造られ、禅師の足跡が遺されているのも、その貴さならではのことと思う。

北枝は、どうやら加賀の地を越えてもなお芭蕉に付き添い、芭蕉の古くからの友のいるこの場所まで、芭蕉を送り届けてきたようだ。金沢の刀研師《かたなとぎし》で小松の生まれと言われている立花北枝は、芭蕉が金沢に来た時に感化されて、牧童という俳号を持つ兄と共に芭蕉に師事した。

芭蕉との触れ合いに、よほど心に染みるものがあったのだろう、北枝は後に加賀の俳諧の中心人物となり、蕉門十哲の一人とされるまでになったが、加賀に長滞在した芭蕉の案内役を進んで行い、芭蕉の記述にもあるように、律義に芭蕉の言葉や想いを書きとめ、山中《やまなか》では、芭蕉にいろんな質問をして、それを『山中問答《やまなかもんどう》』という書物として書き遺している。

それを山中《さんちゅう》問答と読めば、それは中国を代表する詩人である李白の代表作。どうして緑深い山の奥に棲んでいるのかと聞かれれば、そこでは私の心は静かで、散った桃の花が水に落ちて流れて行く、人間社会とは異なる別天地だからだ、という意味の七言絶句《しちごんぜっく》の詩を指す。

しかも李白は、その詩を、彼が敬愛する陶淵明《とうえんめい》を想って書いたと言われている。そして陶淵明は、桃源郷という、戦乱に明け暮れる社会を嫌い、山深くに逃れて、人の心と独自の文化とが調和した、幻とも現実ともつかない豊かな里を築いた笑顔に満ちた人たちと、彼らの営みを讃える詩を書いている。

また李白の詩には、世俗を離れ作為《さくい》を嫌って、自然でたおやかな詩を読んだ陶淵明の作風に通じるシンプルさがあり、李白の詩と同じ字面《じづら》の問答集を遺した北枝には、芭蕉を、李白や陶淵明と並ぶ、日本一の詩人として心から敬う気持ちがあったのだろう。

北枝の『山中問答』には、芭蕉が『奥の細道』をとおして行き着いた心境を表す、不易流行《ふえきりゅうこう》、不易の理《ことわり》を失わずして流行の変にわたる、という芭蕉の言葉が、俳諧とは何かという問いに応じて書き記されている。

それは、ものごとの理や本質というものは変わらないけれども、それは同時に、一瞬も澱《よど》むことなく流れ移ろい変わり続ける水や時のように、そのときどきで、常に新しくあることでもある、という意味を含んでいると思われ、まさに一瞬の気配の中に永遠を、新鮮な響きと共に詠み込む芭蕉の俳諧が目指すところを言い得て妙である。

こうしたことを重ね合わせて見ると、北枝のような人物と出会ったことや、桃妖という、桃の字を含む俳号まで与えた少年のことなども含め、芭蕉が山中の地に深い親しみ、あるいは魅力を抱いたことがうかがえ、加賀での芭蕉の逡巡《しゅんじゅん》や、山中温泉での心境には、それなりの意味があったのではないかとも想えてくる。

たとえ京や江戸や大阪の都から離れた、山奥の小さな湯治場であったとしても、深い緑と清らかな水が流れる山中《やまなか》に、もしも芭蕉がとどまって、李白の詩にあるように、季節に応じて花を咲かせる桃の木のように句を詠む生き方をえらんでいたら、本当に、どうなっていただろう。

咲かせた花の花びらが、一つひとつ、水の面《おもて》に落ち、流れながれて、あるものは水に沈んで自然に帰り、あるものは遠くの里にまで流れて人の目にとまることもあるかもしれない。

それでいいではないかと、芭蕉が、ふと想ったとしても不思議ではなく、ここで詠まれた句の、強く表された芭蕉の名残惜しさに、そんなことを感じたりもする。

人は誰しも生涯に、旅の中であろうとなかろうと、多くの人と出会い、そして別れる。けれど旅の中での出会いは、それが一期一会であることを、明日には別れがあることを知った上での出会いであるだけに、一般に、心を通いあわせる密度も高く、互いに相手の名が、長く心に残ることも多い。北枝もそんな一人だろう。

彼は、会ってすぐに感化されて弟子入りし、加賀での時間を共にしたことを、交わした言葉を、生涯忘れることがなかった。

人は人から何かを学び、その記憶を糧《かて》に学び続けて自らを養う。心から尊敬に値すると、ひとたび思えた人は、たとえ会わなくても、その面影が心に残って人を支える。そんないくつかの面影と個性とが重なり合って、意識するにせよしないにせよ、やがてそれらが、その人をつくっていく。

花は、季節に応じて、毎年同じように花を咲かせるように見えるけれど、よく見れば、今年咲く花はすべて新しく、ひとつとして同じものなどない。そんな、変わらぬように見えながら常に新しい自然のありようや移ろいと同じように、人の想いや触れ合った人との記憶や面影もまた、時と共に移ろう。あるものは記憶の奥底に沈み、あるものは、いつまでも生きて、その人と共に育つ。美との触れ合いにも同じことが言える。

それはたとえば工場で、同じ物として生産されることが求められて作られ、同じ値段を付けられて市場に出回る物とは自ずと違う。

人の心と心、心と美との触れあいは、何ひとつとして同じではなく、その感動や面影は、いつまでも、それぞれの人の心のなかで、それぞれの感動と共に生き続ける。

北枝は芭蕉との、そんな想いを、何より大切なものとして心に抱き、そしてそれを育て続けた人だっただろう。

表現や感動や芸術《アート》の不思議さ、人間にとってのかけがえのない出会いの素晴らしさがそこにある。芭蕉であってもそれは同じだ。芭蕉と五百年もの時を隔てた西行の遺した言葉の向こうに浮かぶ面影《おもかげ》が、ときには実際に言葉を交わした人たちにも増して強く芭蕉を導く。

そうした面影の不思議さはまた、実際に芭蕉に会ったことのない、たとえば、こうして芭蕉が書き遺してくれた言葉をとおして、心の中で芭蕉と旅を共にし、こんなことを書いている私のような者にまで、作品を通して活きいきと伝わってくることだ。

もちろん、顔はさだかには分からないけれど、なんとなく芭蕉のしぐさや表情のようなものさえ、時には感じられるような気さえする。

もちろんそれは、生身の芭蕉ではないけれど、詠まれた句であれ、できごとの描写であれ、彼が書き記すに足るとして書き遺した言葉を通して、私の心の中でかたちつくられた面影であるだけに、そこには不思議な透明感をまとった確かさがある。

透明感は、ある種の抽象度といってもよいかもしれないが、それはまるで映画の中の、あまりにも物語と重なり合って演じられたために、演じた役者の実像を超えてリアリティを持つに到った主人公の人格のように、いつのまにか私の中で、ひとつの確かさを持ち始める。

それはどうやらこれからも生き続け、もしかしたら、これから私が実際に出会う現実の場面の中で、それはこうかもしれないよと、芭蕉が言葉を発しそうな気配さえ持っている。


西行が歌を残したように、道元禅師がお寺を遺したように、もしかしたら芭蕉は、表現という人の行為の不思議さを通じて、芭蕉を読む人の心の中に、時空を超えていつまでも生き続ける確かな面影を遺そうとしているのかもしれないとも思う。

つまり、芭蕉は『奥の細道』という書物をとおして、何かを言葉で表現する際の、方法や技法を超えた、人や自然と触れ合う中から生まれる、歌や句や詩を成り立たせる人の心と、それが織りなす彩《あや》のようなものを、書き記そうとしてきたのだと思えてならない。

そしてそれを書き記すことで、いつかどこかで新たな表現の花を咲かせるかもしれない草の、その種のようなものを、それをどこでどうして拾ったかを含めて記しながら、読む人の心の中に一つひとつ、蒔《ま》いているようにも思われる。

もちろんその意図は、見事に達成されている。こうして私たちが、何百年もの時を隔てて、彼が書き表した言葉の向こうに、そのときどきの芭蕉の眼差しや息づかいを、場所の気配やそこに潜む美や永遠を、感じ取ることができているのだから……

40　等栽

福井までは三里ほどなので、夕飯をとってから出かけたが、たそがれ時の道は、周りがよく見えず、なにやら心細かった。

福井には、等栽《とうさい》という老齢の、世捨て人のようにして暮らす隠士《いんし》がいて、いつだったか、江戸まで私を尋ねて来てくれたが、あれはもう十年以上も前のことだっただろうか。あれからさらに年老いて、どうなっていることか。もしかしたら死んでしまったかもしれないと思い、人に尋ねると、まだ生きています、ほら、そこの家ですよと言う。

市内のすこし奥まった目立たない場所に、みすぼらしい小さな家があり、夕顔、へちまなどのつるが這い、鶏頭《けいとう》や帚木《ははきぎ》などの草が入り口を隠すほどにも生えて、さてはこの家だなと門を叩くと、侘《わび》しげなようすの女の人が出てきて、どこから来られた徳深いお坊様かはわかりませんが、主人はこの近くのだれそれのところに行っておりますので、もし用があるのでございましたら、そこを訪ねてみてください、と言う。どうやらその人が等栽の妻だろうと思ったが、こうした風情は、まるで昔の源氏物語のようだと思ったりなどするうち、ようやく等栽に会うことができた。

彼の家には二晩泊ったのち、万葉集などにも歌われ、名月の枕詞にさえなっているつるがの湊《みなと》に向かって旅を進めることにした。等栽も一緒にそこまで送って行くと言いだし、着物の裾をからげて、路の枝折《しおり》を、などと言ってはしゃぐようすが、まるで西行のようだった。


いつの世にも、社会の表通りのような場所からは距離を置き、また世俗の価値観などからも離れて、しずかに、自らの命が喜ぶような、自分の心や身体が嫌といわないような日々の暮らしのありようを求めて生きる人たちがいる。

その人たちは、世間一般からみれば世捨て人であり、隠者《いんじゃ》であるかもしれないが、しかしそれは自分にとって大切なこと、あるいは、時をこえた確かさを想うことに自分なりに、できるかぎり専念したいと願う気持ちの表れとしての生き方にほかならない。

その意味では、そのような人たちはむしろ、人生をより大切に生きようとすることにおいて果敢であり、縁あってこの世に生を受けたものとしての自らの資質と、それによって成し得ることを、より明確に認識して生きることを求める人たちであることが少なくはない。たとえば西行。たとえば能因法師、たとえば道元。

そして芭蕉もまた、そのような一人であるだろう。士農工商の身分の管理が厳しかった時代に、そこからはみ出た者として生きることは、決して容易なことではない。強靭な意志や覚悟に加えて、自分が成そうとすることに対する把握や展望、そこにおける自らの位置づけや役割の認識、さらにはそれを実現するための客観力と戦略性のようなものも必要だっただろう。

日本では古くから、社会とあまり強い摩擦《まさつ》を起こさずにドロップアウトする方法としては、出家《しゅっけ》や隠居という手段があり、仏門という、いわば治外法権的な聖域が、社会の一種の安全装置として機能してもいた。

しかし芭蕉は、僧侶のような旅姿はしていても僧侶ではなく、商いで財を蓄え、家督を息子などに譲って気ままに生きる隠居でもなく、一介の専業《プロフェッショナル》の俳諧師。

しかも、弟子はいても、一つの場所で宗匠として敬《うやま》われ報酬を得て生きるのではなく、旅のなかで俳諧の新たな可能性を求め続けることを、生涯の仕事とするという生き方を求め、結果として、それを成し遂げた人物だ。

それはもちろん、日本に古くから和歌という表現の世界《フィールド》があり、また当時、俳諧という文化的嗜《たしな》みが、ある程度、身分の枠を超えて社会に浸透していたからこそ成しえたことではあるだろう。

それでも芭蕉のように、自ら旅を住まいとすると言い、それを実践し、表現をし続けることで見つけた美しさやその広がりを伝え続けた存在は稀有であり、私たちの文化が、そのような独創的な表現者《アーティスト》とその成果を得たことは、実に幸運なことだったと、私はここまで『奥の細道』を読み続けてきて、つくづくそう思う。

そこで芭蕉が成したことは、近代の終わりを生きる私たちが、見つめなくてはならない何かや、そこから広がり得る新たな可能性と、確かにつながっているとも思う。

いうまでもなく、文化は人間が創り出すものだが、それは具体的には、一人の誰かが何かを成し、そしてもう一人の誰かがそれをふまえてさらに何かを成すことの積み重ねであり、突き詰めれば、そういう一人ひとりの働きによってしか文化は創られず、その積み重ねによってしか豊かにもならない。

芭蕉より年上でありながら、わざわざ江戸に芭蕉を訪ねるほど、芭蕉が何者であるかを、何をしようとしているかを知る知者《ちしゃ》でありながら、世間体も気にせず、粗末な家で隠者として生きる等栽にとって、芭蕉の来訪は、どんなに嬉しいことだっただろう。

世間は広いというけれども、しかし実際には、それは一人ひとりの人間の集まりであって、自分が立つ場所、自分が見る景色、触れ合う人々、そこで抱く一人ひとりの人間の、想いや働きの集合体にほかならない。

言い方をかえれば、一人ひとりが心に描くことが、それに基づいた一人ひとりの働きが寄り集まって世間を創る。

ただ、そうは言っても、その中で想いや喜びを共有し得る人はいつの時代であっても少ない。現状に飽き足らず何かを変えようとする者、自分の今に満足せずに、常により良いものを求めようとする者であればなおさらだ。


互いに世間の常識や価値観から外れて暮らす、歳も居所も離れてはいるけれど、同じように美を求める同志のような二人が、久々に会って交わす言葉の世界の広がりは大きく、想いの重なりも大きい。

そこでは、はるか昔にすでにあの世へと旅立ってしまっている古《いにしえ》の芸術家たちもが、同じ空を仰ぎ、同じ空気を吸って生きる仲間のようだ。

等栽と過ごすひとときは、芭蕉にとっても、絶好のリフレッシュとなっただろう。老いた等栽が、西行の歌に出てくる枝折《しおり》という言葉を、歌うように声を出して唱えるはしゃぎぶりが可愛く、そして心に染みる。

41　敦賀

ようやく白根獄《しらねがだけ》の枕詞を冠する白山が姿を隠し、比那《ひな》が岳が姿を現してきた。清少納言の枕草子にも出てくるあさむづの枕詞を擁した、あさむづの橋を渡ったが、同じく枕詞となっている、玉江の橋、のあたりの蘆《あし》は、もう穂をつけていて、やはり枕詞で知られる、鶯《うぐいす》の関、も過ぎて、湯尾《ゆのお》峠を越えれば、そこはもう木曽義仲の城の跡。これもまた枕詞の、かえる山、では初雁《はつかり》の鳴く声を聞き、十四日の夕ぐれ、中秋の名月の前の晩に敦賀《つるが》湾を望む宿に泊った。

その日は、空がひときわ晴れ渡った月夜で、明日の夜もこうだといいなあ、と言うと、宿の主人に、昔の漢詩にも、越の国への旅路では、中秋の名月の日の晩に晴れるか曇るかは、誰にも分からない、まずはその日の月夜を楽しめとあるではありませんか、と言われて酒をすすめられ、そのあと気比《けひ》神社に夜参りをした。

気比神社は仲哀《ちゅうあい》天皇の御廟だが、神社の辺りはいかにも寂び、松の木のあいだに月が隠れ、境内の白砂が月の光をかえして、まるで霜を敷き詰めたかのよう。これはその昔、場所を定めずさまざまな場所を巡り歩いて気安く法を説いた遊行上人《ゆぎょうしょうにん》であった一遍上人の弟子で、上人の興した宗派、時宗《じしゅう》の遊行上人二世となった他阿上人《たあしょうにん》が大願発起して、毒を持つ竜が棲むと恐れられていた神社の周りの沼を埋め、自ら境内の草を刈り、土や石を運んできて、参拝の人々の行き来の妨げとならぬよう、ぬかるみがちだった参道に白砂を敷き入れて固め乾かしたのだとのこと。それ以来、神前に敦賀の浜の白砂を運び入れて敷き詰めるのが習わしとなり、このあたりでは、遊行《ゆぎょう》の砂持ち、という言葉があるくらいですと亭主が説明してくれた。

月清し遊行のもてる砂の上

十五日は、亭主の言う通り、雨が降った。

名月や北国日和《ほっこくびより》定めなき

『奥の細道』での芭蕉の記述には、全体に多くの枕詞《まくらことば》が出てくるが、ここでは芭蕉は、まるで枕詞のオンパレードのような記しかたをしている。

これまで見てきたように、『奥の細道』の旅は、枕詞の故郷や古の歌に詠み込まれた場所や歴史上の人物の足跡を巡る旅でもあり、そこには枕詞という、和歌にきわめて特徴的な言葉と、それが意味することを、一つひとつ、自分の体で感じ確かめたいという思いも含まれていたと思われる。

枕詞は、ここでいえば、あさむづの橋とか、玉江の橋とか、鶯の関などのように、もともとは、古《いにしえ》の歌の中に謡い込まれた、何か特別の魅力や気配を持つ、讃えるに値する場所の名前などであったと思われるが、それがやがて、なかば独立した一種の修飾語として、橋や母や春などの特定の言葉と対を成す言葉のようにして、あるいは季節の麗しさ晴れやかさやなどの気分や雰囲気を形容するものとしてさかんに用いられるようになったキーワードのようなもの。

その多くは、たとえば万葉集などの、よく知られた歌の中に用いられて、新たに和歌を詠もうとする際に、その言葉を使うことで、もともとそれを謡い込んだ歌が想起され、その歌が持つ情景や心情や意味と自ずと連動することを意図したり、もとの歌の良さを踏まえて、そこに新たな趣意を盛り込む本歌取りのような働きをさせたり、あえてそこから離れたりなどする際の符丁《ふちょう》のように用いられたりもする。

ただ枕詞の不思議さは、それが必ずしも意味を表すのでも、単なる語感の良さだけを求めるものでもなく、どこか日本語という音楽的な言語ができて行く初源の段階の言葉が持っていたはずの、言霊《ことだま》や音連《おとず》れとも言うべき、響きを含めた言葉の力とどこかでつながり合っているばかりか、日本語の言語としての構造や、表現上の特色とも重なり合っているように思われることだ。

日本語の面白さは、たとえば、雨という言葉を一つとってみても、それが、ざんざん降るというのと、しとしと降る、あるいはぽつりぽつりと降るというのとでは、雨の降り方の様子が全く異なって聞こえることだ。つまり雨という言葉が、状態や動きを表す音声的な言葉と重なり合うことで、それを聞く者に、雨の降る景色が、説明を超えた情景として心に映る。

その意味では日本語は、プリミティヴな身体性をとどめながらも、しかし組み合わせの妙によって、繊細かつ柔軟に、豊かな表現性を発揮し得るオーディオ・ヴィジュアル的でインタラクティヴな特徴を持っている。

もしかしたら日本語が漢字という外国語を、日本語を壊すことなく取り入れることができたのも、英語などの外国語を容易に日本語化していることも、どこかでこの日本語のしなやかな特徴が働いているのかもしれない。

ともあれ、万葉のあたりからその姿が定まり始めた枕詞は、今日私たちが用いている日本語、あるいはそれ以前の、日本語の源《みなもと》の名残を秘めているようにも思える。

当然のことながら、私たちの感情や気分は、私たちが用いる言語に大きく左右されていて、言語によって表され受け取られる意味や風景や情景や気色《けしき》もまた、その言語の特質と決定的に関連し合っている。

そこには自ずと、表現しやすいこととそうではないことがあり、言葉をもちいて表現をしようとする者は、好むと好まざるとに拘《かかわ》らず、用いる言語の特徴や特質と、自ずと向かい合わざるを得ない。

芭蕉の時代には、すでに過去に多くの和歌が詠まれ、文化としての膨大な蓄積を経て、枕詞が和歌を詠む際の技法上の約束にまでなっていた。

そんななかで、和歌から俳諧への、ダイナミックなイノベーションを行ない、俳諧を、自然の理《ことわり》や美や永遠や哀れに感応する人という存在や、その心根《こころね》と共鳴させることを目指す芭蕉が、和歌を支えた心根を大切にしつつ、枕詞とその故郷に関心を持ったのは、むしろ当然といえるだろう。

枕詞は、単にそれが詠み込まれた歌の場所や季節や物を修辞するだけのものではなく、その歌が謡われた瞬間の、謡い手の心情や感覚を含めた発語の動機、つまりは感動そのものと、どこかで深く関わり合っているばかりか、その語感が織り成す音楽性とも相まって、喜びや悲しみを含めた感動そのものを、他者と分かち合いたいという、人の本性のようなものとも響き合っているのではないかと思われる。

だから、世界的に見ても他に類がないほど短い詩の形式である和歌の短歌から、さらに七音の音節を二つもなくした俳諧の発句で、表現上の勝負をする覚悟を決めた芭蕉が、枕詞というものと、その初源の働きのありようを見極めるために枕詞の故郷を旅してみようと思ったのは、自然な心の働きだっただろう。

なにしろ、今日俳句と呼ばれている、五七五の、俳諧の連歌の発句は、詩の形式としては極限的に短かく、そこにどのような様式《スタイル》を内包させれば、豊かな表現の方法として完成させることが出来るかと考えた時、それだけで五音、あるいは七音を費やしてしまう枕詞は、語感や日本語の特色ということを重視してもなお、物理的に用い辛い。できればそれを使わずにと考えた時、それでは何をどうすればよいかと、芭蕉は考えたにちがいない。

気比神社に敷き詰められた美しい白砂が、その昔、一人の酔狂な上人の、突然の気まぐれのような大願発起《たいがんほっき》にはじまり、そしてそれが慣わしとなって、営々と受け継がれているとすれば、芭蕉がめざす俳諧は、和歌から何を受け継ぎ、そして後世に何を遺せばよいのか。

あるいは和歌や漢詩や連歌、そうした詩の源流と俳諧の連歌の発句との違いは何なのか。その短さによってこそ成し得ることとは何なのか。

それらを見つめ、試行錯誤を繰り返しながら芭蕉は、そのような形式で表現できることを、というより、それによって初めて表現し得ることは何なのかを、求め続けたと思われる。

そして『奥の細道』こそ、その何かを見いだそうとした旅であり、それをなかば発見した旅でもあっただろう。

それは一つには、万葉の心とも言うべき、豊かな自然と人、人と人、人と物語との触れ合いであり、そのような広い意味での美や人の心のありようの不思議さに感応し、それを詠むことの面白さであったように思われる。

そしてもう一つは、自分の前に立ち現れる、もろもろの情景に即応し、それを一瞬の気配《けはい》のように描くこと。

わずかな言葉では、あるいは表し得ないかもしれないけれど、しかし表現し切れずに残ったことの全てを詠み得たことと響き合わせるようにして、その場の一瞬の感動、あるいは心の揺れ動きを、まるごと句の中に表わすことはできないか。

『奥の細道』の旅は、そのための試行を重ね、その可能性を確かなものとするための真剣勝負《プロジェクト》だったと考えられる。

それをとおして芭蕉は、たとえば不易流行という確信《ヴィジョン》に、たどり着くが、しかし、ここに来て芭蕉が詠む句には、肩の力を抜いた、全くの自然体のような自由さがある。

そこには旅の当初に芭蕉がときに見せた、自然や人や物語や場面との一期一会、たった一人で対象と向かい合うかのような、一瞬に感じ取った面白みと心中しかねないほどの鬼気迫る緊張感とは全く異なる、普遍や永遠や理《ことわり》や周りにとらわれない軽やかさのようなものがある。

考えてみれば、大自然だけが自然ではない。際立って目立つものだけが自然ではない。また自然はなにも、恣意《しい》的な意図や目的を持ってうつろうわけではない。そして人もまた、自然の一つであると想う時、ふと、もう一つの可能性《ヴィジョン》が芭蕉の心に映る。

うつろい続けることこそが自然であることの証《あかし》。ささやかなうつろいの彩《あや》もまた、自然がもらす吐息のような息づかい。

変わり続けることこそが生きている証。変わらないとしたら、それは死んだということにほかならない。

ほんのわずかの心の揺らぎもまた、人が人であることの証だとすれば、変わり続ける今こそが、変わり続ける自分こそが、芭蕉の俳諧の主題《テーマ》でありうるのではないかと芭蕉が考えたとしても不思議はない。

名月を心待ちにする芭蕉に、その日の月夜を楽しめと宿の主《あるじ》が言ったと書く芭蕉は、また枕詞をこれでもかと、わざと連ねて見せた芭蕉は、もしかしたらここで、彼が体験してきた諸々の俳諧や約束事、そして俳諧の宗匠としての箍《たが》ばかりではなく、作品という概念や、枕詞の呪《じゅ》縛《ばく》からさえも、どこか解き放たれた、あるいは、解き放たれようとしているように感じる。

そして、それでも変わらないものとしてあると思えるのは、なにもかもがうつろうなかに、人が一瞬の美を感じ取ることができる存在だという事実。そしてそれを、言葉にして表し得るという事実。それが他者にも伝わり得るという不思議。

さらには、そうして書き記されたものが、時空を超えて、見知らぬ誰かの心にまで届き得るという事実。つまり、一瞬の美に相応しい言葉に表された一瞬は、その瞬間、永遠の命を宿したということになる。

そんな一瞬と、できるだけ多く触れ合うこと。あるいは、何気ないうつろいの中に、常に美を感じ取り、それを自在に言葉で表せる自分であること。

雲のかたちに同じものなどないように、水や風に形がないように、それでも水は水であり、風が風であるように、書き記すかどうかは別にして、自分が触れ合う一瞬を言葉にして、木の葉を風に放つように、別の命を持つものとして、自分の外に放つこと。それを繰り返すこと。もしかしたらそれが、自分の仕事、あるいが芭蕉が生きるということだと、芭蕉は感じ始めているように思えてならない。

人が創る文化とその始まりの面白さは、たとえばここに記されてあるように、遠い昔に、行く先々で人々に解りやすく生き方を説いた、一人の気ままな遊行僧が、何を思ったか、一念発起して、人々が怖れていた沼を埋め、由緒ある神社の参道に白砂を敷き詰めて、神社にお参りしやすくしたことであり、そうしてつくられた道に、今もなお人々が、新たに白砂を敷き詰めていることだ。自分が踏みしめる、月明かりを白く清らかにかえす白砂も、遠い昔に、一人の上人が敷いた砂。

ならば、自分が詠んだ句とそこに込められた想いを、いつの日かどこかで誰かが、分かち合わないとは限らない。

木の葉を運ぶ川の水も、どこからともなく吹いて来て芭蕉の葉を揺らす風のありようも、一瞬として同じではなく、その時々で違うはず。限りある命を持つ人が過ごす日々もまた、定めなどなく、日ごとにうつろい日ごとに変わる。

永遠が一瞬の積み重なりだとしたら、あるいは一瞬の美は、人の心のゆらぎの内にこそあるのだとしたら、そのときどきに確かと感じられた何かもまた、人と自然とが織り成す一つのかたち。一瞬という永遠。


なお、旅を死に場所とした芭蕉は、遺言によって、この地に城があった木曽義仲を弔うため、巴御前《ともえごぜん》が義仲の墓の側に結んだ庵に縁起を持つといわれる、滋賀の義仲寺《ぎちゅうじ》に葬られている。

42　色浜

十六日は、空も晴れたので、このあたりで有名な紅《あか》い貝を拾おうと思い、敦賀湾に船を走らせ、海につき出た敦賀半島の中ほどにある色浜に行った。

色浜までは海上を七里。廻船問屋《かいせんどんや》を営む天屋《てんや》という名の分限者《ぶげんしゃ》が、破籠《わりご》のお弁当や、酒を入れた小竹筒《ささえ》などを気配りも細やかに用意してくれ、たくさんの使用人なども乗せた舟は、追い風に吹かれるまま、いつのまにやら色浜に着いた。

浜には何軒かの海女小屋があり、侘びしい法花寺《ほっけ》もあった。そこでお茶を飲み、酒を温めるなどしたが、秋の夕ぐれのさびしさには、ひときわ深い感慨を覚えた。

寂しさや須磨にかちたる浜の秋

波の間や小貝にまじる萩の塵

その日のようすなどを等栽《とうさい》に書き記してもらい、寺に残してきた。

いよいよ中秋も過ぎ、旅も終わりの一日を、芭蕉は船遊びをして楽しむ。この当時、日本海の海上交通が盛んだった北陸では、廻船問屋《かいせんどんや》は地方の有力者で、半島に護られた比較的穏やかな海と、廻船に適した水深を持つ敦賀湾を拠点とする廻船問屋ともなれば、その勢いも相当のものだっただろう。天屋も当然のように俳諧を嗜《たしな》んでいたと思われるが、有名な俳諧師が立ち寄ったとなれば、歓待せずにはおかなかっただろう。

江戸時代の階級制度の中では、商人は、一般的には士農工商の一番下に置かれるとされ、それは徳川幕府の価値観の表われでもあっただろうが、しかし、すでに社会が安定し経済が成熟し始めたその頃には、商人の力は現実的には強く、下手な武士などよりは、はるかに羽振《はぶり》も良く、それなりの気位《きぐら》いを持つ者も多かったと思われる。

考えてみれば武士は日本という国の歴史の中で、象徴的には源氏が平家に叛旗を翻して武家による幕府を打ち立ててからというもの、後醍醐天皇が幕府を制圧した一瞬を除き、明治に至るまで、日本を統治する権力階級であり続けた。

もちろんそれは武力を背景とした覇権《はけん》だが、しかし江戸時代に入ってからは、戦国時代を生き残った家康の、徹底した安定権力維持機構の構築によって、大きな戦乱もなく、芭蕉が『奥の細道』の旅に出たのは、江戸幕府の体制も平穏な安定期に入った元禄時代のはじめだった。

その頃、将軍綱吉の、いわゆる生類哀《しょうるい》れみの令などが出されているところをみても、武士階級はすでに、権力そのものを維持する官僚機構化しており、もはやかつての、生死を賭《と》して領《りょう》民《みん》を護った戦士ではない。

つまり単純にいえば、もともと戦が仕事である武士は、戦がなければ用がない。しかし万が一にも戦となれば、権力側の武士はもちろん多い方が良く、当然、決して少なくはない数の武士が、治安維持を兼ねるとはいえ、日常的には権力機構の中で、体制そのものを維持する役割を持つ者として幕府に養われることになる。

だがそれは、はたして武士といえるのか。あるいは、戦がないのは良いことだとすれば、もともと戦を生業とする武士は、戦のない時代に、それでは何をして生きれば良いのか……?

そうした中から、地位としても、また社会的価値観の中でも、依然として上位にあるとされる武士階級の中には、たとえば武士道や忠義というような抽象的な概念と、それを純粋培養したような精神、あるいは虚構を構築するものも現れる。そして、それを尊び、それを生き甲斐《がい》とする者もいただろうし、幕府もそうさせようとしただろう。

そんななかで、芭蕉は、もともと農民と変わりのない、武士とは名ばかりの、いざというときのためだけの地方の下級兵士の家に生まれた。蝉吟という教養ある武士にその才能を認められ、武家に雇われたとはいうものの、すぐに蝉吟の死によって武士として生きることを諦めざるをえず、そこから詩人の道を歩み出してしまった芭蕉。しかもその過程の中で、日本という国の成り立ちや、文化のありようの根源に目を留めつつ、俳諧という世界に自らが生きる道を見いだし、そこに独自の表現世界を開拓しようとした芭蕉は、武士という存在を、はたしてどう見ていたのだろう。

それはとうてい計り知れないとしても、少なくとも芭蕉は、そのような問いを自分に向かって、発し続けてはいただろう。

もちろん、晩年の芭蕉の姿《イメージ》とはかけ離れてはいるけれども、芭蕉といえど、武士を価値の上位に置く社会とその仕組のなかで生まれ育った者として、武士の存在は尊敬に値する何かであったはずであり、それは芭蕉が『奥の細道』で見せた、源氏の武士たちへの敬愛をみても明らかだ。

ただ、その時代に芭蕉のまわりにいた武士たちは、はたして芭蕉が考えるような武士だったのかどうか？　むしろ古の歌人の西行のように、武士でありながらその身分を捨てて出家して漂泊の道を選んだ先達や、禅僧として厳しく自らを律し、普遍的な知を求めた僧に、より親《ちか》しさを抱いていたのではないだろうか。

このように考える時、いくつかの想いが胸をよぎる。一つには、芭蕉が考える、本来の武士への潜在的な憧れは、芭蕉が目指した俳諧の連歌という表現、あるいはその発句が持つべき、歌仙に主題と展開のダイナミズムを与える軽やかな緊張感のなかに、姿を変えて生きていたのではないかということだ。

そしてもう一つは、和歌という優れた表現の後継者、あるいはそれを護る者は、もはや公家でも官僚化した武家でもなく、ここでこうして芭蕉と俳諧を詠みあいながら、芭蕉が大切と思うことを、そしてその意をあたりまえのように酌んでもてなす男気のある天屋のような、そして旅のいたるところで出会った酔狂な、あるいは感受性の豊かな庶民や、私利を離れて芭蕉を慕う北枝のような、さらには桃妖のような可能性に満ちた若者たちだと、もしかしたら芭蕉が感じていたのではないかということだ。

日本の文化は、その多くの部分が、人としてより良く生きようとして世俗を離れた世捨て人や、権力に媚《こ》びずに美に殉《じゅん》じた人や、生活のために働いた後に隠居して、もう一つの生き方を求めた人や、芭蕉のような風来坊のような生き方もまたひとつの尊い生き方と感じてくれる人たちによってつくられ、支えられてきた。

そんななかで、ともすれば硬直化しがちな宗匠と弟子の関係を離れて、旅の中で句を詠むことを自ら求めて生きてきた芭蕉にとっては、旅の中での、人や場所との一期一会、そこでの一瞬の、人と自然とが交わす美との交歓、俳諧の会での、地位も身分も度外視したなかでの即興の妙、そうして俳諧という表現によって、一瞬一瞬を、鮮やかに切り取ることのなかにこそ、生きる確かさがあっただろう。

また虚無僧《こむそう》のように、戦《いくさ》というものとは無縁であることを覚悟した者にこそ見えてくることもあっただろう。そうして句を読むことが、武士の役割のように他者を殺すのではなく、他者を活かし、命を輝かせ、敬愛と共に人や自然と向かい合う美しい方法のひとつだと、芭蕉はいつから心得たのだろう。それこそが自分が仕えるべき仕事だと、いつから覚悟したのだろう。

すくなくとも『奥の細道』の旅が、時を超えた普遍的な今を謳《うた》う、稀代の詩人である芭蕉の晩年の覚醒と覚悟と確信に、大きな働きをしたことは間違いない。

ところで等栽は、どうやらここまで芭蕉と一緒に来ていたようだが、芭蕉はこの日のようすを、等栽に書き記してもらい、それは寺に残してきたと記していて、まるで、大切なのはこうして楽しく時を過ごすことであって、それを書き表すことではないと言っているように見える。『奥の細道』の最初に、硯や筆を含めた、何もかもが煩わしいばかりに思えると書いていたことが思いだされる。もちろん芭蕉は、旅の中で句を詠み、それを書き記し、書き記し続けてきたわけだけれども、ただ、もしかしたら芭蕉は、心のなかのどこかで、そうして書き記すという行為さえもが、何かを感受したり、それを句に詠むことの大切さからは少し離れた、余計な、この世に生きる者ならではの執着と、感じていたのではないかとさえ思われる。

秋の夕ぐれのさびしさの漂う波打ち際で、美しく濡れる貝に混じって見え隠れする、生まれては消え、消えては生まれる泡《あぶく》のような、そして塵《ちり》のような萩の花。

芭蕉はそこに、自分自身の口から、一片《ひとひら》ひとひら発せられ、発せられては消える自らの句の行方《ゆくえ》を見ていたのかもしれない。それを塵《ちり》と言い切る芭蕉の構えが潔《いさぎよ》い。

43　再会、そしてまた

露通《ろつう》が敦賀の湊《みなと》まで迎えに来てくれ、一緒に美濃《みの》の国に向かった。馬にたすけられて大垣の里に着くと曽良も伊勢から寄り集い、越人《えつじん》も馬で駆けつけてくれ、みんなが如行《じょこう》の家に集まった。前川子《ぜんせんし》や荊口《けいこう》父子、ほかにも親しい人たちが、昼夜を問わず集まってくれ、まるで生き返った人に会うかのように、誰もが喜び、誰もが私をいたわってくれたが、私はといえば、長旅の物憂さも抜け切らないうちに、長月の六日にもなれば、伊勢の遷宮を拝みに、またきっと、舟に乗ることになるのだろう。

蛤のふたみにわかれ行く秋ぞ

『奥の細道』という書物は、大垣で終わる。新暦の五月十六日に旅立ち、大垣に着いたのが十月四日だから、およそ百四十日もの長旅ということになる。

多くの弟子がいる近江や大垣は、芭蕉の拠点のひとつであり、ひとつの旅からもうひとつの旅への中継点のような場所でもあって、東北と北陸を巡る奥への旅そのものは、前節の色浜、あるいは、露通が出迎えに来てくれた敦賀あたりが実質的な終着点だったと思われる。色浜での歓待も、無事に長旅を終えたことへのお祝いのようなものだったかもしれない。

ただ、ここで芭蕉は、これから伊勢の遷宮を拝みに行くことになるだろうと記していて、弟子たちが師匠の帰還を喜ぶなかで、自分のなかではすでに新たな旅が始まっていると言明している。

ともあれ、自分が死んだらその骸《むくろ》を葬ってくれとまで言い遺した義仲寺のある大津からも遠くなく、東海道と北陸道の間の、日本全体の中心のような位置にある大垣は、これから伊勢や故郷の伊賀に行くつもりのある芭蕉にとっては、一つの旅の終わりとして、またもう一つの旅の始まりの地として、格好の場所だっただろう。

敦賀まで芭蕉を出迎えに行った露通は大津の生まれで、もともとは乞食同然の生き方をしていたようだが、芭蕉に感化されて弟子になった。奥の細道には当初、曽良ではなくて露通がお伴をすることになっていたと言われていて、変人ではあったけれども心持ちは卑しくはなく、芭蕉に、それなりに愛されていた人物であったらしい。

大垣には、露通のほかに名を記された人たちを筆頭に、大垣蕉門と呼ばれた多くの弟子たちがいて、先に伊勢に行っていた曽良も顔を見せるなど、集まってきた多くの弟子たちの誰もが無事を喜び、体をいたわり、師匠が大願《たいがん》の長旅を成し遂げたことを祝福しているようすが窺《うかが》える。しかし芭蕉は、そんな祝いの場の空気に浸るようすもなく、まるでひとごとのように、船で千住まで行った奥の細道への旅の始まりと同じように、また船に乗って、今度は伊勢に向かうことになるのだろうと淡々と言う。

もちろん、冒頭で芭蕉が自ら記したように、旅に生き旅に死ぬと思い定めた芭蕉にとっては、どんな長旅であっても、過ぎてしまえば一夜の夢。人にとって生と死が常に共に在るように、出会いは別れのはじまりであって、今日の再会の喜びは、明日の別れの哀しみと共にある。旅はいつでも、別れに始まり別れに終わるけれど、考えてみれば全ては今。そしてまた芭蕉のような俳諧師にとっては、そのつどそのつど向かい合う一瞬こそが全て。そのことを芭蕉は『奥の細道』であらためて自覚したようにも見え、ここには、千住で流したような涙はない。つまり、魚の目にも泪と詠んだ句と、ここに記された句との違いこそが、奥の細道での芭蕉の歩み、あえて言うなら前進の証。

命あるものは変化をかさねて生きるけれど、しかしその変化が常に、自分にとって良いと思える変化ばかりであるとはかぎらない。そんななかで、前を向いて歩もうとすることが、よりよい自分であろうとすることが、あるいは、自分の立つ位置が、どう変わったかを見定める目を持つことが、表現者としての命を支える。

そうして、自然や人を見る目の豊かさや、もろもろの風雅をより細やかに感じ取れる心を育て、俳諧にまつわる確かさや美しさや面白味のありようを、ひとつひとつ自分のなかに、確かめ拾い集めて行くことこそが、芭蕉と自らが名付けた人間の生きる証であって喜びでもあると、この旅で、あらためて思い定めたのではないかとも思う。

芭蕉が実際にそう考えたかどうかは別として、芭蕉は奥の細道という旅を経て、もう一人の芭蕉へと、すこし、あるいは大きく変化したように見える。

今という時を生きる中で、それを続ける旅の中で、人と出会って人を知り、さまざまな気色や情と出会って風雅に触れ、それまでは知らなかった何かに気付くことを楽しむ。

いづれ死ぬからといって今をないがしろにすれば、人の生そのものが成り立たない。目の前にある美が見えなければ命がときめくこともない。人を失う哀しみに拘泥《こうでい》すれば、新たな人を知る楽しみもない。

一つの出会いは別れの始まり、一つの別れは新たな出会いの始まり。出会いと別れこそが、生きていることの証だとの覚悟を生きてこそたどり着ける新たな場所。

もちろん限りある命を持つものの定めとして、体は少しづつ老いていき、なにもかも、次第に不自由にはなって行くけれど、心はむしろ、さまざまな現実やしがらみや過去から、自由になっていくと、思えばこそできる遊び、あるいはゆとりのようなものがそこにはある。

親しい者との再会の喜びと別れの哀しみの向こうに、ぴったりと合わさったものの象徴でもある蛤の蓋と、それに護られてある身。旅立つ先にある場所としての二見、そして再び会い見《まみ》えることとを掛け、同じように、行くという言葉の中にも意味を重ねた、俳諧師ならではの言葉の遊び。

人は常に、その場その場で、自分を取り巻く空気を呼吸して生きる。時には永遠や幽玄《ゆうげん》と、言葉によって触れ合おうとする俳諧師であってもそれは同じ。それが命ある者の自然の理《ことわり》と、承知したうえでのゆとりのようなものがそこにはある。

大工も細工師も、何かをつくるときには必ず、あそびを設《もう》けるが、それは、あまりにもピッタリ作り過ぎては、家も障子も引き出しも、実際には使いものにならないからにほかならない。

俳諧師もまた、遊びを面白いとしてこそ、言葉で美を描くことができる。景色の向こうに永遠や命やあわれを見、人が織り成す物語の中に幽玄を感じ、古の世捨て人の庵に詫びを想い、道端《みちばた》に咲く一輪の花の可憐を心に映す。

全てのなかに、広い意味での美を見いだし、美を愛し、美を慈《いつく》しむことができる、そんな人間だからこそできる遊び。

そしてそれは、ほんの少しの違いや変化に目を留めることから始まる。つまり、変化こそが生きている証とはいうものの、だからといって、どんなに変化し続けたところで、人の体やつくりが、それほど変わるわけではない。

所詮、人の変化には限りがあると、承知した上で、ほんのわずかな違いを目に映し、その違いを、歌うように言葉にすることこそが俳諧師としての自分の仕事。

もしかしたらそれは、はたから見れば、必要以上と思えるほどにディテールにこだわる職人の働きにも似た美意識かもしれない。


しかしここでの芭蕉には、そんな職人的な技と共に、もっと大きな、自然の中の人である理《ことわり》を見つめるような、いわば天の視点から、地の上の自分を、微笑みながら眺めているようなおおらかさのようなものが感じられる。

発注者がいなければ、職人の仕事が成り立たないように、生まれなければ生きられないように、発句がなければ、どんな歌仙も始まらない。そんな人の豊かな遊びとしての歌仙もまた、人と人とが集《つど》う場がなければ成り立たない。

そこでは自分もその中の一人。そこで、目の前の情景や気色《けしき》や遣《や》り取りの中からしか生まれ得ない新鮮味と共に他者の耳に響く句を、歌うように詠んで見せてこその芭蕉。

奥の細道を、句を読みながら歩きとおしてきたここでの芭蕉には、そんな変幻自在の自負の漂う自然さが、あるいは、たとえ同じ楽器を弾いたとしても、ほんの少しほかとは違う美しい音色を、当たり前のように奏でて見せることができるミュージシャンだけが持つ軽やかさのようなものがある。

それはまた、旅がもたらす新鮮さのなかで自然と触れ合い、行く先々で出会う人と共に句を詠む芭蕉の、ライブパフォーマーとしての喜びでもあるように見える。

そんな出会いと別れを積み重ね、ひとつの旅の終わりと新たな旅立ちとの間《はざま》にある此処《ここ》で詠まれた蛤の句には、別離の湿っぽさはなく、むしろ新たな旅の向こうにあるはずの、あるいは秋の向こうに来る新たな春や行く先への期待さえ感じさせるような、さらりとした軽やかさがある。

それをもたらしているのは、あえてここで言葉で遊んでみせる翁《おきな》のゆとり。どうやらそこには、一つの高みへとたどり着いた芭蕉の心境のようなものがある。

決して同じ場所には住み続けないという、一所不住《いっしょふじゅう》の覚悟を胸に、芭蕉庵を人に譲って『奥の細道』の旅に出た芭蕉はそこで、安住の地を捨てたからこそ見つけられた、浮遊し変化し続ける、あるべき芭蕉の姿を、行く先々に漂う空気を吸い込んで、歌うように句を詠むことの面白さを全身で実感したのかもしれない。

ともあれ、棲《す》み替わる代ぞ雛《ひな》の家、という句から始まった芭蕉の旅は、ぐるりと回り、螺旋《らせん》を描くようにして再び新たな始まりに戻った。そうして辿り着いた場所は、もとより最初の場所とは異なり、ほんの少し高いところにあるようにも見える。

そう想った途端に、雛の句が、新たな新鮮さを帯びて響く。『奥の細道』には、そんな雲にまで届く螺旋階段を登るような、不思議な生命感《ダイナミズム》がある。

それが導く場所は、おそらく、美や人や自然や物語や永遠と触れ合い、それを心に映して詩を詠むという、表現をとおしてしか学び得ない、人が人であるからこそ触れられる素敵な場所。

そしてそれは、金や物や数字ばかりを重視してきた近代の私たちの社会が、とりわけその最終局面である現代が見失い、あるいは、あえて見捨てようとしているかのように見える人間的な場所なのではないかとも思う。

言い方を変えれば、芭蕉のように、そんな素敵な場所に立てば、少なくともそんな視点から見ようとしさえすれば、自ずと見えてくるはずの情景とその無限の広がりこそが、人と自然とが育み得る可能性の豊かな地平。

人は、食べて寝なければ生きていけないけれど、人は、たとえ飢えや寒さから無縁な暮しを得たとしてもなお、それだけでは、自らの心身を生きる喜びで満たすことができない。

人が変われる範囲には限りがあり、地球の大きさにも限りがあるけれど、ただ、人が人と触れ合い、人が自然と触れ合うことで見つけられる美しさは無限。

　そんななかで、人が生きるというのは、はたしてどういうことなのか。自然と共に生き、今を知り、人を知り美を知り永遠を知り詩を知るとはどういうことであり、人としての喜びや確かさや豊かさは、何によってどのようにもたらされるのか、と考えたところに、おそらく芭蕉の旅や、そこで句を詠む理由もあったように見える。

　人は太古の昔から、力を合わせ、社会をつくって生き延びながら、社会に潤《うるお》いを与え、社会を、人の営みの場所にするための文化をつくって生きてきた。それはひとえに、人に、喜びや美を求める心があったからこその働き。

　考えてみればその資質こそが、人と社会のための尽きることのない資源。そして創造力という、人が持つ美を創りだす力こそが、人と社会をより豊かにする、無限の可能性を秘めた資本。それらをどこまでも活かそうとした芭蕉。


　不思議なのは、こうして私たちが『奥の細道』を読むという行為をとおして、芭蕉と共に旅をし、芭蕉の変化に立ち合ったあとでは、自分自身の心身の中で、芭蕉の面影のようなものが、自ずと息づき始めているように感じられることだ。

　それこそが、『奥の細道』という作品の生命力であるように思われる。つまり、芭蕉の『奥の細道』の旅は、読む者の心の中に、一つの確かな旅の記憶となって残り、そうしようと思えばいつでもまた、そこに表現された場所や人や美や永遠と、再び触れ合うことができるという、一つの完成された物語的な仕組、あるいは永遠に完成されることのない進行形の現実感《リアリティ》を持っている。

人の命は儚《はかな》いかもしれないけれど、人が表し得た感動が、何百年もの時空を超えてなお、それを読む人の心に伝わることの素晴らしさ。見事に表現された作品が持ち得る至福《しふく》がそこにある。芭蕉が範《はん》とした西行の歌がそうであったように、多くの古の歌もまたそうして伝えられてきた。そんな人の喜びや命の輝きの循環には終わりがなく、そこから新たに創られ得る美は尽きることが無く、それがもたらし得る豊かさにもまた限界がない。

『奥の細道』を芭蕉と共に歩んできた今、そんな芭蕉が見た夢を、自らの、そして社会の夢《ヴィジョン》として、豊かに育んで行けるはずだとも思う。

たにぐち えりや

詩人、ヴィジョンアーキテクト。1948年生まれ、石川県加賀市出身、横浜国立大学建築学科卒。中学時代から、詩と絵画と建築とロックミュージックに強い関心を抱く。1976年にスペインに移住。バルセロナとイビサ島に居住し、多くのアーティストや知識人たちと親交を深める。帰国後、イマジネーションと変化のダイナミズムをテーマに、ヴィジョンアーキテクトとして、エポックメイキングな建築空間創造などを行なうと共に、言葉による空間創造として多数の著書を執筆。音羽信という名のシンガーソングライターでもある。主な著書に『画集ギュスターヴ・ドレ』(講談社)、『1900年の女神たち』(小学館)、『ドレの神曲』『ドレの旧約聖書』『ドレの失楽園』『ドレのドン・キホーテ』(以上、宝島社)、『鳥たちの夜』『鏡の向こうのつづれ織り』『空間構想事始』(以上、エスプレ)、『イビサ島のネコ』『天才たちのスペイン』『旧約聖書の世界』『視覚表現史に革命を起した天才ゴヤの版画集1～4集』(以上、未知谷) など。主な建築空間創造に《東京銀座資生堂ビル》《ラゾーナ川崎プラザ》《レストランikra》《軽井沢の家》などがある。

まねる あるめんごーる (MANEL ARMENGOL)

1949年、バルセロナ生まれ。バルセロナとマドリッドにおいてジャーナリズムと様々な表現メディアを学び1975年より新聞にルポルタージュを発表。1976年、バルセロナでの学生や市民の平和的デモに対する警察の暴力的制圧の現場を撮影した写真により一躍有名になる。スペイン各紙、ならびに『ニューズウィーク』『タイム』『ニューヨークタイムズ』『ステルン』『スピーガル』『パリマッチ』『フィガロ』など、世界中の有力紙に掲載され国家写真賞を受賞したこの写真は、スペイン現代写真史上の最重要写真の一つとなっている。その後、合衆国に住み、ニューヨークタイムズの契約写真家として多くの国々を訪れてフォト・ルポルタージュを掲載。1982年にバルセロナのガウディ建築『カサミラ』にスタジオを構えるが、事故で重傷を負ったことを契機に作風を変え、独自の詩的で空間的な写真を撮り始める。作品はスペインのみならずヨーロッパ中の多くの写真展に招待展示され、多くの芸術誌や写真誌や新聞などに掲載されるなどスペインを代表する写真家の一人。

随想《ずいそう》 奥《おく》の細道《ほそみち》

今こそ活きる芭蕉のヴィジョン

2017年3月10日印刷
2017年3月24日発行

著者　谷口江里也
写真　マネル・アルメンゴール
発行者　飯島徹
発行所　未知谷
東京都千代田区猿楽町2丁目5-9　〒101-0064
Tel. 03-5281-3751 / Fax. 03-5281-3752
［振替］ 00130-4-653627
組版　柏木薫
印刷所　ディグ
製本所　難波製本

Publisher Michitani Co. Ltd., Tokyo
Printed in Japan
ISBN978-4-89642-521-5　C0095

谷口江里也の仕事

イビサ島のネコ

満月の夜ネコたちは噂話に花を咲かせる
話題に上るイビサ島の人間は、誰も彼も
ネコたちが呆れるほど変わっていて……

既存の価値観にすり寄っては生きられない
だが、何を恃みに生きるべきか分からない
つまり、生きている世界がしっくりこない
折から美しい旋律に乗った♪バルセローナ

青年はスペインへ、イビサ島に移り住んだ
誰もがそこを自分のための場所だと思える
地中海に浮かぶ地上の楽園、そこイビサで
著者はさまざまなネコに出会うことになる

島は田舎なのに風俗がとんがっていて
奇妙な人間たちが世界中からやって来る
人がその人らしく生きられる自由都市イビサ
世界中から集まる奇人とネコそれぞれの物語
全27話　著者によるイラストも豊富

四六判240頁　本体2400円

未知谷

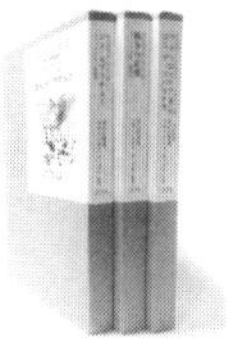